AF220941

Madame
Hélène

Juergen von Rehberg

Madame Hélène

La reine de la mode

Bibliografische Information der Deutschen National-bibliothek:
Die Deutsche Nationalbibliothek verzeichnet diese Publikation in der Deutschen Nationalbibliografie; detaillierte bibliografische Daten sind im Internet über http://dnb.dnb.de abrufbar.

Herstellung und Verlag: BoD – Books on Demand, Norderstedt

ISBN: **978-3-7526-9160-3**

Die Wohnanlage „Raio de Sol"[1] an der Algarve war ein Projekt für eine finanziell gut situierte Klientel. Sie umfasste mehrere Bungalows mit allen nur erdenklichen Annehmlichkeiten.

Als Christian und Helene dort einzogen, waren beide schon im wohlverdienten Ruhestand. Ihre Ehe war kinderlos geblieben. Helene brachte zwar eine Tochter mit in diese Ehe, die sich jedoch mit Christian nicht anfreunden konnte oder wollte.

Die gegenseitigen Besuche wurden immer weniger, und irgendwann blieben sie dann ganz aus.

Helene litt anfangs sehr darunter; aber mit der Zeit lernte sie damit umzugehen, dass gelegentliche Telefonate das Nonplusultra waren.

Christian war ebenfalls schon einmal verheiratet, und aus dieser Ehe waren zwei Töchter hervorgegangen.

Melanie, die ältere von beiden, hatte Sprachen studiert und verbrachte die meiste Zeit als Dolmetscherin im Ausland. Sie war nicht verheiratet und betrachtete die Ehe als nicht mehr zeitgemäß und als unnötiges Übel, das man besser vermeiden sollte.

Ihre jüngere Schwester, Karin, hatte Theologie studiert und arbeitete als Religionslehrerin an einem Gymnasium. Sie hatte Familie und war katholischer als der Papst.

---

[1] *Portugiesisch für Sonnenstrahl*

7

Das implizierte auch, dass Verhütung für sie zu keiner Zeit ein Thema war und Abtreibung der Vorhof zur Hölle bedeutete.

Dank ihrer Fruchtbarkeit, von der Natur in reichem Maße damit ausgestattet, konnte sie auf eine stattliche Zahl von sechs Kindern blicken.

Und da inzwischen alle schon längst den Windeln entwachsen waren, konnte sie ihren Beruf wieder ausüben, den sie schwangerschaftsbedingt über einen sehr langen Zeitpunkt aussetzen musste.

Harald, der Samengeber, hatte anfänglich auch Theologie studiert, aber schon sehr bald, von heftigen Zweifeln gebeutelt, seiner Berufung wieder entsagt.

Jetzt ist er IT-Spezialist und sehr erfolgreich in seinem Beruf.

Die beiden Schwestern pflegten einen eher losen Kontakt, zumal Melanie nie so recht verstehen konnte, wie man sein Leben als Gebärmaschine fristen kann.

Sie machte aus ihrer Einstellung auch keinen Hehl daraus und brachte dies, anlässlich allfälliger Familienfeste, gerne einmal wieder aufs Tapet.

Erna, die Mutter der beiden und die Ex-Frau von Christian, hatte zwar nur bedingt Verständnis für die Gebärfreudigkeit ihrer Tochter, stellte sich aber bedingungslos vor sie, wenn Melanie wieder einmal vom Leder zog.

8

Wenn überhaupt war Harald der Schuldige, der mit seiner sexuellen Hemmungslosigkeit die arme Karin nicht aus dem Wochenbett herausließ.

Christian war das alles erspart geblieben, hatte er doch beizeiten das Weite gesucht. Er war dem Ruf der Liebe gefolgt, der ihn zu Edeltraud geführt hatte.

Nach dieser Zwischenstation, die nicht hielt, was sie anfänglich versprochen hatte, landete er schließlich bei Helene. Und jetzt war er angekommen.

Erna hat Christian nie verziehen, obwohl er immer wieder versucht hatte, Kontakt herzustellen, und seine beiden Töchter taten es der Mutter gleich.

Alle drei erklärten Christian zur „Persona non grata" auf Lebenszeit. Und Christian konnte es ihnen noch nicht einmal verübeln.

*****

Als Helene noch im Berufsleben stand, war sie die erfolgreiche Geschäftsführerin einer Kette von mehreren Geschäften, welche auf anspruchsvolle Damenoberbekleidung im oberen Preissegment spezialisiert war.

Christian verdiente als selbstständiger Physiotherapeut sein Geld und seine Klientel bestand ausnahmslos aus Privatpatienten, meist aus gehobeneren Kreisen.

Dass er und Helene aufeinandertrafen, war einem reinen Zufall geschuldet.

Eine seiner Patientinnen, eine alleinstehende, schon in die Jahre gekommene Dame, namens Margot, hatte ihn um seine Begleitung zu einer Modenschau gebeten, welche im Stammhaus der besagten Modekette stattfand.

Nach mehreren, vergeblichen Versuchen, sich der Bitte zu entziehen, willigte Christian irgendwann ein.

Die Dame hatte ihm viele Patienten zugeführt, auf welche er keinesfalls hätte verzichten wollen. Und wer weiß, vielleicht würde die Veranstaltung ja recht unterhaltsam werden. Mit dieser Vorstellung motivierte sich Christian, was bis zu einem gewissen Punkt auch erfolgreich schien.

Das Modehaus trug übrigens den Namen „Mode Meunier", und benutzte als Emblem das doppelt „M".

Dahinter verbarg sich der Firmengründer und Chef, Erwin Müller, dessen Originalname in der Welt der Mode untragbar gewesen wäre.

Dass diese Veranstaltung sein Leben total auf den Kopf stellen würde, das konnte er zu diesem Zeitpunkt jedoch nicht erahnen…

*****

Die Modenschau war gut besucht. Alles, was Rang und Namen hatte bzw. glaubte, zu diesem erlauchten Kreis dazu zu gehören, hatte sich ein Stelldichein gegeben.

Bussi rechts, Bussi links, Small Talk mit dem Champagnerglas in der Hand, und stets mit wachsamem Auge auf die anderen Anwesenden.

Helene Marschal, die Geschäftsführerin, die in französischer Manier als „Madame Hélène"[2] angesprochen wurde, begrüßte jeden einzelnen Gast mit Handschlag.

Als Margot und Christian an der Reihe waren, fiel die Begrüßung besonders herzlich aus.

„Darf ich dir meinen Begleiter vorstellen?"

Christian war ebenso überrascht wie Madame Hélène, die ihn eindringlich anschaute.

„Aber ja, liebste Margot", kam die Antwort von der Geschäftsführerin, wobei sie das „t" am Ende von Margots Namen ausgelassen hatte.

„Das ist der Mann mit den goldenen Händen, von dem ich dir schon erzählt habe."

Christian fühlte, wie sich sein Mund anschickte, in totale Trockenheit überzugehen. Er hasste diese Bezeichnung, konnte sich ihr aber nicht entziehen.

---

[2] *Madam Elähn*

11

„Sie sind das. Margot hat mir schon viel über Sie erzählt, lieber Christian. "

Nicht nur, dass am Ende von Margots Namen wieder das besagte „t" fehlte, musste sich Christian seinen Namen ebenfalls französisch ausgesprochen anhören.

„Ich hoffe doch, nur Gutes, verehrte Frau Marschal", antwortete Christian, *„und vielen Dank für Ihre freundliche Einladung. "*

Die unmittelbare Umgebung von Christian und den beiden Damen versank augenblicklich in betroffenes Schweigen.

Noch niemand hatte je gewagt, Madame Hélène mit bürgerlichem Namen anzusprechen. Das war ein Affront par excellence.

Die Geschäftsführerin sah Christian mit einem Lächeln an, das zu beschreiben, sehr schwer ist.

Es war weder kalt noch warm. Es schien jedoch keinesfalls zynisch, eher mitleidsvoll, und es brachte Christian in arge Bedrängnis.

Er fühlte eine tiefe Verlegenheit in sich aufsteigen, und in seiner ganzen Hilflosigkeit beugte er sich vor, ergriff Helenes Hand, um ihr mit einem Handkuss sein Bereuen zu dokumentieren.

Helene ließ ihn gewähren, und als Christian sich wieder aufrichtete, sah er in Helenes Augen, dass sie ihm verziehen hatte.

„Ich freue mich sehr, dass Sie der Einladung gefolgt sind, lieber Christian, und ich hoffe, dass Sie die Schau genießen werden."

Mit diesen Worten wandte sich Madame Hélène von den beiden ab, um sich weiteren Gästen zu widmen.

Dieses Mal hatte sie Christians Namen ohne den französischen Touch ausgesprochen, was Christian ein feines Lächeln entlockte.

„Eine bemerkenswerte Frau", dachte Christian und schaute Helene nach.

„Kommen sie, Christian; lassen Sie uns ein schönes Plätzchen suchen."

Es war Margot, die ihn aus seinen Gedanken riss. Obwohl sie schon lange beruflich in Verbindung standen, waren sie über das „SIE" nie hinausgekommen.

Wenig später begann die Modenschau. Es war nun einmal nicht Christians Welt; aber es war die Welt von Madame Hélène. Und ergo wuchs Christians Interesse von Minute zu Minute…

*****

13

Madame Hélène führte mit sicherer Hand durch die Modenschau.

Der Klang ihrer Stimme löste bei Christian Wohlgefallen aus. Es war eine Mischung aus Sanftheit und Bestimmtheit.

Was die Modelle und ihre Trägerinnen betraf, so hielt sich Christians Interesse in Grenzen. Er konnte den knöchernen, hochaufgeschossenen, jungen Damen nichts Schönes abgewinnen.

Allein der steinerne Gesichtsausdruck sollte den Betrachter eher traurig stimmen. Aber das schien, außer Christian, niemanden zu berühren.

Es lag wohl daran, dass die Schar der geladenen Gäste fast ausschließlich aus Damen bestand. Und die wenigen männlichen Gäste konnte man mit einem feinen Augenzwinkern den Damen hinzurechnen.

Jede der angekündigten menschlichen Schaufensterpuppen wurde – von Applaus begleitet – verabschiedet, um danach mit einem anderen Outfit erneut den Catwalk zu betreten.

Am Ende der Schau wurden sowohl die Models als auch Madame Hélène mit Applaus überschüttet.

Hélène nahm den Applaus mit einem feinen Lächeln entgegen, wobei ihr Blick für wenige Sekunden bei Christian hängen blieb.

Christian nickte ihr zu, und das Lächeln von Madame Hélène wurde augenblicklich mehr.

*****

Die Entscheidung war Christian schwergefallen. Er musste abwägen, was ihm wichtiger war: fernab der Gesellschaft, die so überhaupt nicht nach seinem Geschmack war, allein nach Hause zu fahren oder darüberstehen, um Hélène nahe sein zu können.

Er bereute sehr schnell seine Entscheidung. Die kleine Gesellschaft, welche nach der Schau in einer Schickimicki-Bar Platz genommen hatte, bestand nur aus ausgesuchten Leuten.

Margot gehörte ganz offensichtlich dazu. Als sie Christian Mitteilung davon gemacht hatte, dass sie und auch er eingeladen wären, der After-Show-Party beizuwohnen, war Christian erst einmal überrascht.

Aber noch größer war die Überraschung, als er Margot sagen hörte, Hélène hätte darauf bestanden, dass Christian unbedingt mitkommen solle.

„Ich glaube, Madame Hélène mag Sie, mein Lieber."

Diese Worte von Margot gaben den Ausschlag, dass Christian einwilligte.

Ein Entschluss, den er eine knappe Stunde später schon wieder bereute. Hatte er geglaubt, Hélène näherkommen zu können, so sah er sich arg getäuscht.

Ihre Entourage aus lautstarken, modeaffinen Damen und femininen Herren, umschwärmte sie, wie die Bienen den Honigtopf, und für Christian blieben nur gelegentliche kurze Blicke, welche eher den Charakter von Mitleid aufwiesen, denn Interesse an seiner Person.

Selbst Margot, auf deren Drängen hin er sie begleitet hatte, schien seine Anwesenheit vergessen zu haben.

„Darf ich mich verabschieden?"

Mit diesen Worten wandte Christian sich an Madame Hélène.

„Sie wollen schon gehen, Christian?", erwiderte Madame Hélène, und Christian war überrascht, dass sie sich seinen Namen gemerkt hatte.

„Fühlen Sie sich nicht wohl in unserer Gesellschaft?"

Christian glaubte, einen Hauch Ironie in der Stimme der Frau herauszuhören, deren Zauber er noch vor ein paar Stunden erlegen war.

„Genauso ist es, Frau Marschal", antwortete Christian.

16

Die Worte hatten den Weg aus seinem Mund gefunden, noch bevor Christian es ihnen erlaubt hatte.

Der Geräuschpegel in der Bar sank augenblicklich herab. Es war, als hätte jemand den Stecker gezogen.

„Bonne nuit, mon ami, et dormiez bien! "

Ein feines Lächeln umspielte die Züge von Madame Hélènes Gesicht, als sie das sagte. Sie wandte sich wieder ihrer Gesellschaft zu, als wäre nichts geschehen.

Christian verließ eilig die Bar in dem Bewusstsein, sich gerade eine Menge Feinde gemacht zu haben, und er spürte deutlich den zornigen Blick von Margot in seinem Rücken.

*****

Eine knappe Woche später teilte ihm Frau Herzog, seine Ordinationshilfe mit, dass einige der Patientinnen ihre Termine storniert hätten.

Christian war nicht wirklich überrascht, als er das hörte. Seine ruchlose Tat, welche er in der Bar verübt hatte, zeigte Wirkung.

„Das macht nichts, Frau Herzog. Dann haben wir eben etwas mehr Freizeit. "

Frau Herzog verstand zwar nicht so recht, was sie mit dieser Antwort anfangen sollte; begnügte sich aber damit.

*****

Christian freute sich, als er Edeltraud zufällig in der Stadt traf. Sie war wie immer perfekt gestylt, und ihr Anblick elektrisierte ihn noch immer, wie schon in der Zeit, als er noch mit ihr zusammen war.

„Hallo, Christian! Ich freue mich, dich zu sehen. Wie geht es dir?"

Edeltraud reichte Christian die Wange, und Christian platzierte den erwarteten Kuss darauf.

„Danke, Edeltraud. Es geht mir gut", antwortete Christian, worauf Edeltraud ihn erstaunt ansah.

„Warum so förmlich? Hast du mich den gar nicht mehr lieb?"

Edeltraud neigte ihren Kopf zur Seite, als sie das sagte. Es erinnerte Christian an die gemeinsame Zeit mit ihr, als sie immer wieder ihre kindlich anmutenden Spiele mit ihm spielte.

Anfänglich fand er Gefallen daran. Auch dass sie wollte, dass er sie „Traudi" nennen sollte. Aber irgendwann war er dessen überdrüssig.

Obwohl er den sexuellen Teil ihrer Beziehung als äußerst aufregend und befriedigend empfand, kam es schließlich doch zur Trennung.

Christian überging die Bemerkung von Edeltraud und sagte stattdessen mit einem Lächeln:

„Du siehst blendend aus. Ich denke, es geht dir gut. Habe ich recht, schöne Frau?"

„Charmant wie immer, du toller Mann", erwiderte Edeltraud, *„lädst du mich auf ein Glas Champagner ein?"*

Als Christian nicht gleich darauf reagierte, fügte Edeltraud hinzu:

„Ein Kaffee tut es natürlich auch."

Christian musste lachen. Es erinnerte ihn daran, dass die Zeit mit Edeltraud oft anstrengend war; aber zu keiner Zeit langweilig.

„Sehr gern, liebe Traudi", erwiderte Christian. Es war ihm einfach herausgerutscht.

„Na, siehst du? Geht doch, mein Chrisi-Bär."

Und plötzlich schien sich das Rad der Zeit zurückgedreht zu haben, und Christian fand Gefallen daran.

*****

„Erkaltete Pilzgerichte und erkaltete Liebschaften sollte man nicht wieder aufwärmen."

Das musste auch Christian erfahren. Nach gerade einmal zwei Wochen, trennte er sich wieder von Edeltraud. Vielleicht war es auch umgekehrt; aber das ist nicht relevant.

Relevant ist, dass die Beziehung zwischen einem Mann in den Vierzigern und einer Frau Mitte zwanzig problembehaftet ist.

Die Trennung wurde ohne großes Aufsehen vollzogen. Mit einem *„man sieht sich"* und einem *„wir telefonieren"* war die leidige Angelegenheit aus der Welt geschafft.

Christian erneuerte wieder einmal seinen Schwur, keine feste Beziehung mehr eingehen zu wollen.

Und wieder einmal war es ein Meineid.

Obwohl ihm einige seiner Patientinnen nach dem Eklat in der Bar den Rücken gekehrt hatten, war noch genügend Arbeit übrig, um keine überflüssige Zeit zum Grübeln zu haben.

Das sollte sich schlagartig ändern, als ihm seine Ordinationsassistentin eine neue Patientin ankündigte:

„Frau Marschal ist die Nächste…"

*****

20

„Guten Tag, Herr Doktor."

Christian musste erst einmal tief durchatmen, bevor er überhaupt fähig war, auf die Überraschung zu reagieren.

„Guten Tag, Frau Marschal, und bitte nennen Sie mich nicht <Herr Doktor>."

„Das bringt mich jetzt aber in große Verlegenheit. Ich weiß ja nicht, wie Sie richtig heißen."

Christian war verunsichert. Er wusste nicht, ob er von dieser Frau gerade zum Narren gehalten wurde oder ob sie seinen Nachnamen wirklich nicht wusste.

Helene Marschal erlöste Christian aus seiner Verunsicherung, indem sie hinzufügte:

„Ich kenne Sie ja nur als Christian."

Dieses Mal hatte sie seinen Namen ohne den Französisch-Touch ausgesprochen.

Überhaupt fand Christian, bei näherer Betrachtung, dass ihm gerade Helene gegenüberstand und nicht Madame Hélène.

„Ich heiße Christian Geiger, Frau Marschal", antwortete Christian.

„Jetzt sagen Sie mir nur noch Ihr Geburtsdatum, dann weiß ich alles, mein lieber Christian."

Die Verunsicherung, welche Christian überwunden zu haben schien, kehrte augenblicklich zurück.

Helene hatte es in Christians Blick erkannt. Sie lächelte ihn an und sagte:

„Was halten Sie von einem Neustart?"

Christian zögerte und Helene führte die Initiative fort.

„Hallo Christian, ich heiße Helene, bin Löwe-Geborene und im reifen Alter von vierzig plus.

Ich würde mich sehr freuen, wenn Sie mich <Helene> nennen würden und wenn ich Sie <Christian> nennen dürfte.

Und ich würde mich noch mehr darüber freuen, wenn wir uns näher kennenlernen würden.

Jetzt Sie!"

Christian war sprachlos. Ein Zustand, dem er zuletzt in Jugendjahren erlegen war. Sein Gegenüber hatte ihn völlig überfahren.

„Soll ich Ihnen ein Glas Wasser bringen lassen?"

Christian sah Helene fassungslos an. Diese Frau war eine Naturgewalt. So viel war sicher.

Als sich Christian wieder etwas gefasst hatte, sagte er:

„Gehe ich recht in der Annahme, dass Sie nicht als Patientin zu mir gekommen sind, sondern um mit mir ein Spiel zu spielen, damit Sie mit Ihren Freundinnen darüber lachen können?"

Diese Worte spiegelten die ganze Hilflosigkeit eines Mannes wider, der zwischen Bewunderung und Verachtung hin- und hergerissen war.

„Es schmerzt mich, dass Sie dieses Bild von mir haben, Herr Geiger, und es enttäuscht mich zutiefst.

Ich bin sehr wohl als Patientin zu Ihnen gekommen, denn ich leide seit einiger Zeit unter einem Zervikalsyndrom[3].

Unabhängig davon, bin ich als Frau zu Ihnen gekommen, um Ihnen meine Zuneigung zu offenbaren, die ich seit unserer ersten Begegnung für Sie empfinde.

Aber das war ganz offenkundig ein Fehler. Bitte, entschuldigen Sie. Ich wünsche Ihnen noch einen schönen Tag."

Und noch bevor Christian in irgendeiner Form darauf reagieren konnte, hatte Helene Marschal die Praxis wieder verlassen.

*****

---

[3] *Beschwerden, die von der Halswirbelsäule ausgehen bzw. den Halswirbelsäulenbereich betreffen.*

23

Beiträge und Bilder über das Modehaus „Mode Meunier" und deren Geschäftsführerin, „Madame Hélène" fanden sich im Internet in großer Zahl.

Christian konnte es sich nicht verkneifen, ein wenig darin herumzustöbern.

Was alle Bilder gemeinsam hatten, auf welchen Helene Marschal abgebildet war, das war ihr gewinnendes Lächeln.

Es war jedoch nicht das Lächeln, das ihm seit ihrem Abgang aus seiner Praxis in Erinnerung geblieben war, und das ihn noch immer beschäftigte.

„Eine Frau mit zwei Gesichtern", kam es Christian in den Sinn; aber der Gedanke missfiel ihm auch im selben Augenblick.

„Habe ich falsch reagiert, als Helene zu mir gekommen ist, um mich um meine Hilfe zu bitten?"

Diese Frage stellte sich Christian wieder und wieder, und je öfter er dies tat, umso mehr wuchs die Gewissheit in ihm, dass er einen unverzeihlichen Fehler begangen hatte.

Er griff ein paar Mal zum Telefon, um Helene anzurufen, denn die Kontaktdaten von ihr hatte seine Ordinationsassistentin ja im System gespeichert.

Kaum, dass er ihre Nummer gewählt hatte, unterbrach er auch schon wieder den Wählvorgang. Seine

24

Angst, vor dem, was passieren könnte, ließ ihn davon Abstand nehmen.

Und dann passierte es doch.

„Frau Marschal ist am Apparat und möchte Sie sprechen."

Die gute Frau Herzog. Diese Formulierung stammte aus einer Zeit, in der es noch keine Schnurlostelefone gab. Sie war ja doch schon ein älterer Jahrgang.

Umso erstaunlicher war es, dass sie sich dem schlimmen Feind „Computer" gestellt hatte, als Christian sie darum gebeten hatte.

Frau Herzog war die Sprechstundenhilfe von Christians Vater, als dieser noch eine Arztpraxis unterhielt. Er war leider allzu früh an einem Herzinfarkt gestorben.

Christians Vater hatte immer wieder versucht, ihn zu einem Medizinstudium zu bewegen, was Christian jedoch nicht wollte.

Es reichte nur zum Physiotherapeuten, und der Vater hat das Ende von Christians Ausbildung noch nicht einmal erleben dürfen.

Eine Zeit lang machte sich Christian sogar Vorwürfe, dass sein penetrantes Verweigern eines Medizinstudiums vielleicht der Auslöser für den Infarkt gewesen wäre, aber seine Mutter redete es ihm aus.

Sie selbst starb nur ein knappes Jahr später am Broken-Heart-Syndrom.[4] Es schien beinahe, als wolle sie nur das Ende von Christians Studium abwarten.

In Wirklichkeit war die Verbindung zu Christians Vater außergewöhnlich stark, und das Leben ohne ihn war für sie nicht mehr lebenswert.

Es war damals eine schwere Zeit für Christian. Er sprach dem Alkohol mehr zu, als gut für ihn war, und es schien, als würde er seine berufliche Existenz aufs Spiel setzen.

Frau Herzog war es, die hart mit ihm ins Gericht ging.

„Schämen Sie sich, Herr Christian! Ihre Eltern haben Sie sicher nicht so erzogen, dass Sie wie ein kleines Kind in Selbstmitleid baden. Seien Sie ein Mann, reißen Sie sich zusammen, und machen Sie Ihre Eltern stolz!"

So oder ähnlich waren die harschen Worte von Frau Herzog, der treuen Seele.

Und sie zeigten Wirkung. Christian hörte auf zu trinken und widmete sich wieder ganz seiner Arbeit.

*****

[4] Broken – Heart - Syndrom ist eine seltene, akut einsetzende und oft schwerwiegende Funktionsstörung des Herzmuskels

26

„Hallo, Herr Geiger, sind Sie da?"

Christian zögerte noch einen Augenblick, dann antwortete er.

„Ja, ich bin da. Guten Tag, Frau Marschal. Was kann ich für Sie tun?"

Christian hasste diese Floskel; aber ihm fiel gerade nichts Besseres ein.

„Die Frage ist doch wohl eher, was ich für Sie tun kann. Sie haben mehrmals meine Nummer gewählt und gleich wieder aufgelegt."

Christian fühlte sich unwohl. Am liebsten hätte er dieses Gespräch beendet.

„Ich nehme doch an, dass Sie sich nicht ständig verwählt haben. Oder irre ich mich da?"

„Nein, natürlich nicht, gnädige Frau", antwortete Christian in all seiner Hilflosigkeit.

„Mein Gott; Sie müssen ja völlig verzweifelt sein", sagte die Stimme am anderen Ende, und ein Hauch Ironie lag in der Luft.

„Wie meinen Sie das?", fragte Christian.

„Nun; ich kenne <Frau Marschal> von Ihnen, <Madame Hélène> und mit etwas Wohlwollen vielleicht noch <Helene>; aber <gnädige Frau> ist neu für mich."

27

„*Warum tun Sie das?*", sagte Christian, worauf erst einmal Schweigen eintrat.

„*Was denn, Christian?*", antwortete Helene und fuhr nach einer kurzen Pause fort:

„*Also jetzt einmal Hand aufs Herz. Warum haben Sie mich angerufen? Fällt es Ihnen so schwer, darüber zu reden?*"

„*Ja.*"

Christian hatte es förmlich hinausgestoßen. Er fühlte eine ungeheure Erleichterung.

„*Soll ich Ihnen helfen?*"

Die Frage von Helene erinnerte Christian an seine Mutter. Auch sie fragte ihn das, wenn er als Kind vor ihr stand und nicht imstande war, über das zu reden, was ihm auf der Seele lag.

Sie war – im Gegensatz zu seinem Vater – in Sachen Erziehung der verständnisvolle, nachgiebigere Elternteil.

Die Erziehungsweise des Vaters war stringent und beinhaltete nur wenig Spielraum.

„*Mögen Sie mich, Christian?*"

Christian hatte nichts Bestimmtes erwartet; aber keinesfalls diese Frage.

„Haben Sie meine Frage verstanden, Christian?", setzte Helene nach.

„Ja."

„Nun, dann können Sie sie ja auch beantworten, nicht wahr?"

„Ja."

„JA, Sie können die Frage beantworten oder JA, Sie mögen mich?"

Christian wurde schwindelig. Es fühlte sich an, als befände er sich mitten in einem Fluss, und ein heftiger Sog drohte ihn in die Tiefe zu reißen.

„Das hat so keinen Sinn. Können wir uns irgendwo treffen und in Ruhe miteinander reden?"

Es hatte Christian sehr viel Mühe gekostet, das zu sagen, und er war sehr froh, als er es hinter sich hatte.

„Das ist eine ausgezeichnete Idee, mein Lieber, antwortete Helene, *„sagen Sie mir nur, wann und wo."*

„Heute Abend, im Café Hexenkreuz in der Bergmillergasse, wenn sie wissen, wo das ist."

Christian war auf die Schnelle nichts Besseres eingefallen. Er liebte dieses Café, weil es hoch oben über der Stadt einen herrlichen Blick bot.

„Hexenkreuz", wiederholte Helene, *„Sie denken wohl, der Name passt zu mir. Habe ich recht?"*

Da war sie wieder, diese Ironie. Kleine, feine Nadelstiche für die Seele.

„Dann machen Sie doch einen Vorschlag!"

Christian hatte die Worte fast hinausgeschrien. Der Druck hatte ein Ausmaß erreicht, dem er nicht mehr länger standhalten konnte. Er war nahe daran, das Gespräch zu beenden, als er Helene sagen hörte.

„Es tut mir leid, Christian. Mein Humor ist grenzwertig, und manchmal sogar ein wenig verletzend.

Ich arbeite sei Heiligenzeiten daran; aber bisher leider nur mit mäßigem Erfolg.

Vielleicht finde ich ja in Ihnen einen Lehrmeister, der mir dabei hilft ein besserer Mensch zu werden.

Gehen Sie jedoch davon aus, dass es nicht leicht werden wird, und dass Sie eine Menge Geduld dabei aufbringen müssen.

Wie wäre es? Hätten Sie Interesse an dieser Sisyphusarbeit?"

Christian begann zu lächeln, als er diese Worte hörte. Er fühlte, wie sich ein Mantel der Ruhe ganz sacht auf sein Gemüt legte.

„Sie sind eine schreckliche Frau, Helene."

30

„Ich weiß, ich weiß. Also doch das Café Hexenkreuz?"

Diese Frau konnte es einfach nicht lassen. Der Unterschied diesmal war, dass Christian darüber lachen konnte.

„Also schlagen Sie schon einen Treffpunkt vor", sagte er mit ruhiger Stimme, worauf Helene antwortete:

„Das <Uferhaus>, wenn Sie das kennen."

„Kenne ich", antwortete Christian, *„und wann?"*

„Montagabend, so gegen 19:00 Uhr."

„Das geht nicht", widersprach Christian, *„da hat das Restaurant geschlossen."*

„Aber nicht für mich", antwortete Helene.

Und noch bevor Christian nachhaken konnte, sagte sie weiter:

„Also bleibt es dabei, wir sehen uns am Montagabend, um 19:00 Uhr. Und Sie sind mein Gast. Ich freue mich schon sehr darauf."

Helene legte auf und Christian bat Frau Herzog, für Montagnachmittag und Dienstagmorgen alle Termine abzusagen.

*****

Das „Uferhaus" war einer von vielen gastronomischen Betrieben, welche rund um den See angesiedelt waren.

Er unterschied sich jedoch in einem Punkt von allen anderen. Seine Speise- und Getränkekarte spiegelte die gehobene Gastronomie wider und war nur für finanziell wohlbetuchte Gäste leistbar.

Christian kam früher öfter hierher. Edeltraud hatte ihn dazu animiert, besser gesagt es war schon eher Nötigung.

Es war einer ihrer Wesenszüge, sich in solche edlen Lokalitäten einladen zu lassen. Ebenso wie sie sich teure Kleider und Schuhe kaufte und die dazu passenden Accessoires.

Das war nur möglich, weil sie noch bei ihren Eltern wohnte. Von ihrem bescheidenen Gehalt als Sekretärin hätte sie sich das niemals leisten können.

Als Christian vor der Eingangstür stand, sah er das Schild „Heute Ruhetag". Er drückte vorsichtig die Türklinke herunter und die Tür öffnete sich.

„Guten Tag, Herr Geiger. Es ist schön, Sie wieder einmal als Gast bei uns begrüßen zu dürfen."

Birgit Sprenger, die Empfangsdame hatte Christian sofort wiedererkannt, obwohl er seit sehr langer Zeit nicht mehr hier war.

„Guten Abend, Frau Birgit. Ich werde erwartet."

32

„Ich weiß, Herr Geiger. Frau Marschal hat sie avisiert."

Es erstaunte Christian, dass Birgit nicht „Madame Hélène" gesagt hatte, und ebenso erstaunt sah er, dass einige der Tische besetzt waren, obwohl offiziell doch Ruhetag war.

„Kommen Sie, Herr Geiger. Ich bringe Sie an Ihren Tisch."

Christian folgte der Empfangsdame in einen Bereich, der von den übrigen Gästen etwas abgelegen war.

Und dann sah er Helene. Sie hatte ein dunkles, eng anliegendes Kleid an mit einem dezenten Blumendessin. Es drängte sich Christian der Verdacht auf, es könnte sich um ein japanisches Kirschblütenmuster handeln.

„Guten Abend, Christian. Es ist schön, dass Sie gekommen sind."

Helene war aufgestanden und hatte Christian die Hand gereicht.

Christian ergriff sie und gab Helene einen Handkuss.

„Sie verwirren und überraschen mich, mein Lieber", sagte Helene, und ihre Überraschung war glaubhaft.

„*Warum?*", antwortete Christian, „*trauen Sie einem Tölpel wie mir nicht zu, dass er so etwas tut?*"

„*Vorsicht, mein Lieber*", erwiderte Helene, „*Sie sind gerade dabei den Part zu übernehmen, der eigentlich mir gehört.*"

Christian musste lachen, und die Mauer, welche er fürsorglich mitgebracht hatte, begann soeben zu bröckeln.

„*Mögen Sie Fisch?*", fragte Helene, nachdem sich die beiden niedergesetzt hatten.

„*Sehr gern, sogar*", antwortete Christian.

„*Darf ich für uns beide bestellen?*", fragte Helene, worauf Christian antwortete:

„*Warum nicht. Nur bitte keine Austern.*"

„*Schade*", antwortete Helene mit einem Augenzwinkern, „*man sagt ihnen ja wahre Zauberkräfte nach.*"

Christian hatte die Anspielung wohlverstanden, überging diese aber geflissentlich.

Und dann servierte der Ober das Diner, welches Helene schon im Voraus bestellt hatte.

Als Christian sie darauf ansprach, was denn gewesen wäre, wenn er keinen Fisch gemocht hätte, zuckte Helene lediglich mit der Schulter.

Diner « Madame Hélène »

***

Bouillabaisse mit
Sauce Rouille

***

Jakobsmuscheln auf
Wildreis und zarten
Prinzessbohnen

***

Fischteller mit Steinbeißer,
Wolfsbarsch und Wildgarnele,
hausgemachte Pilzravioli
und Parmesanschaum

***

Tonkabohneneis mit
Champagnersabayon

***

Mokka

***

Als begleitenden Wein servierte der Ober einen „Chablis Grand Cru".

Das Essen verlief weitgehend schweigend, wenn man von gelegentlichen Bemerkungen, die vorzügliche Speisenfolge betreffend, einmal absieht.

„Ich hoffe, ich habe Ihren Geschmack getroffen", sagte Helene, als sie schon beim Mokka saßen.

„Es war vorzüglich, liebe Helene", antwortete Christian, *„nur was die Provenienz der Fische angeht, macht es ein wenig erstaunen, zumal wir gerade am Rande eines Süßwassersees sitzen, in welchem sich ebenfalls feine Speisefische tummeln."*

„Touchez!"[5], antwortete Helene. *„Ich hoffe, Sie verzeihen mir den Verrat an der heimischen Fischzunft."*

„Wenn sie mir verzeihen, dass ich ein Esel war", antwortete Christian.

„Das ist schon längst geschehen, mon ami", antwortete Helene, *„und jetzt gib mir einen Kuss, damit ich sehe, dass es dir damit ernst war, was du gerade gesagt hast."*

„Hier?", fragte Christian überrascht.

„Hier und jetzt", antwortete Helene *„und toute suite."[6]*

---

[5] *Französisch für „Treffer"*
[6] *Französisch für „sofort"*

36

Christian stand auf und küsste Helene. Es war ein Kuss voller Begehren, vergleichbar mit dem Start einer Rakete, die in den Weltraum entsandt wird, um einen neuen Planeten zu finden.

Beifall brandete auf. Es waren die anderen anwesenden Gäste, welche das zärtliche Event aufmerksam mitverfolgt hatten. Und das, obwohl ihre Tische, an welchen sie sich genussvoll Speis und Trank hingaben, in respektvollem Abstand lagen.

Christian verbeugte sich in Richtung dieser Leute, gleichwohl wie ein Künstler, der sich für die erwiesene Gunst bedanken will.

„Es ist schön für mich zu sehen, dass du Humor hast, mon chèr", sagte Helene, nachdem Christian wieder Platz genommen hatte.

„Und es ist schön für mich, dass es dich gibt", erwiderte Christian.

„Pass auf, dass du diesen Satz nicht schon bald wieder bereust."

Helene hatte das zwar mit einem Augenzwinkern gesagt; aber Christian fragte sich in diesem Augenblick, ob er sich je an ihre Art gewöhnen würde und ob er das überhaupt möchte…

*****

Die meisten der Gäste waren schon gegangen, und Helene und Christian waren in ihrem Gespräch tief in das bisherige Leben des anderen eingetaucht.

„Darf ich dich etwas Persönliches fragen?"

Christian lächelte und antwortete:

„Das machst du doch schon die ganze Zeit, oder irre ich mich da."

„Nein, natürlich nicht."

„Also dann frag ganz einfach."

„Was hast du Schlimmes getan, dass dich deine Familie mit Verachtung straft?"

„Eine andere Frau", antwortete Christian.

„So hätte ich dich gar nicht eingeschätzt", sagte Helene.

„Macht es dir Angst?", fragte Christian.

„Was meinst du damit?", erwiderte Helene.

„Das mir dasselbe auch mit dir passieren könnte."

„Dann schneide ich dir deine Männlichkeit ab", sagte Helene mit ernster Miene und fügte hinzu:

„Vergiss nicht, dass ich mit einer Schere sehr gut umgehen kann."

38

Es dauerte einen Augenblick, bis Christian erkannt hatte, dass Helene ihn einmal mehr aufs Glatteis geführt hatte.

„Ich weiß nicht, wie das mit uns weitergehen wird und wie ernst es uns damit ist", sagte Helene weiter, *„aber ich freue mich darauf, es herauszufinden.*

Es wird sein, wie es sein soll, und es wird dauern, so lange es dauert. Und ich werde deiner Männlichkeit nichts tun, es sei denn, sie hört auf, mich zu verwöhnen."

„Du bist ein verrücktes Huhn", sagte Christian, und Helene antwortete:

„Hatten wir das nicht schon?"

Die beiden sahen einander in die Augen, und Christian ergriff Helenes Hand.

„Ich glaube, ich habe mich in dich verliebt."

„Das ist der Alkohol, mein Lieber. Morgenfrüh denkst du sicher wieder anders darüber."

„Ganz bestimmt nicht", antwortete Christian und fragte dann:

„Nimmst du denn gar nichts ernst? Musst du immer alles ins Lächerliche ziehen? Merkst du nicht, dass du damit andere verletzen könntest?"

Helenes Gesichtsausdruck veränderte sich. Das Lächeln war aus ihrem Gesicht verschwunden, und ihre Augen bekamen einen matten Glanz.

„Das ist reiner Selbstschutz. Es tut mir leid, Christian, bitte verzeih mir!"

Aus der kecken Wortakrobatin war ein kleines Mädchen geworden, das seine Puppe verloren hat.

Tränen liefen ihr übers Gesicht, als sie fortfuhr:

„Ich bin einmal von einem Mann sehr verletzt worden. Das hat eine tiefe Wunde bei mir hinterlassen."

„Dein Ehemann?", fragte Christian zaghaft, worauf Helene nickte.

„Er hat mir meine Würde und meinen Sohn genommen", erzählte Helene weiter, *„und das werde ich ihm nie verzeihen."*

„Es tut mir leid, dass ich eine alte Wunde bei dir wieder aufgerissen habe; das wollte ich nicht", sagte Christian entschuldigend.

„Das macht nichts", antwortete Helene, *„es tut gut, darüber zu reden."*

„Aber wieso kümmert sich dein Sohn nicht um dich?", fragte Christian, *„er ist doch kein Kind mehr."*

40

„Marcel hängt am finanziellen Tropf seines Vaters. Als unsere Ehe zu Ende war, hat er sich gegen mich und für das Geld seines Vaters entschieden.

Er war damals sechzehn Jahre alt und durfte selbst entscheiden, bei wem er bleiben wollte.

Sein Vater hat ihm anfangs den Kontakt zu mir verboten, und Marcel hat sich brav daran gehalten.

Ich bin zum großen Teil selbst daran schuld, dass alles so gekommen ist."

„Wieso das?", fragte Christian erstaunt.

„Weil ich mich zu sehr in meine Arbeit vergraben habe und zu wenig Zeit für meinen Sohn hatte", antwortete Helene, *„das werde ich mir nie verzeihen."*

Christian sah Helene lange an. Er hielt noch immer ihre Hand.

„Glaubst du an Gott?"

Helene sah Christian überrascht an.

„Wieso fragst du mich das?", sagte sie und Christian antwortete:

„Weil es mich interessiert."

„Glaubst du denn an Gott?", gab Helene Christians Frage postwendend zurück.

„Ich denke schon", antwortete Christian, „oder glaubst du, alles über der Erde, alles unter der Erde und alles im Wasser wurde von Menschenhand geschaffen?"

„Nein; natürlich nicht", erwiderte Helene, „aber mich erschreckt das große Wort <Gott> ein wenig."

„Du kannst es ja nennen, wie du möchtest. Nenne es <eine höhere Macht> oder Heinrich oder Hildegard.

Ich denke, diesem <wer auch immer> ist es völlig egal, wie man ihn nennt. Er reagiert auf alle Namen, mit dem man ihn anspricht."

„Wolltest du vielleicht einmal Pfarrer werden?", fragte Helene. Sie war wieder in ihre alte Haut zurückgeschlüpft. Sie wischte ihre Tränen fort und lächelte.

„Du bist ein wunderbarer Mann, und ich liebe dich."

„Weißt du, es ist so", sagte Christian, „Gott oder Heinrich oder Hildegard hat dir längst verziehen, und du solltest das auch machen."

„Ich werde darüber nachdenken, Herr Pfarrer", sagte Helene, und nach einer kurzen Pause:

„Hast du nicht gehört, was ich gerade eben zu dir gesagt habe?

Und wieder antwortete Christian nicht.

Helene verstand nicht, warum Christian ihr Liebesgeständnis einfach überging. Sie beschloss, nicht länger darüber nachzudenken, und sagte stattdessen:

Lass uns gehen, du komischer Kerl. Ich möchte mit dir schlafen."

*****

Die Wohnung von Helene entsprach überhaupt nicht Christians Erwartungen.

Er war überzeugt davon, dass er eine Einrichtung vorfinden würde, die hypermodern, vielleicht etwas schräg gestaltet wäre; also eher Schickimicki mäßig.

Aber genau das Gegenteil war der Fall.

Die Wohnung war hell, funktional gestaltet, aber mit viel Flair. Es entstand sofort ein Wohlgefühl, sobald man sie betreten hatte.

„Du wirkst überrascht", sagte Helene, als sie den Gesichtsausdruck von Christian sah, *„oder soll ich lieber <enttäuscht> sagen?"*

„Ich finde die Wohnung einfach nur schön", antwortete Christian, und Helene gab sich mit seiner Antwort zufrieden.

Wirklich überrascht war Christian erst, als Helene ihn in ihr Schlafzimmer führte.

Ein riesiges Himmelbett, auf welchem nur noch ein paar Puppen mit Porzellankopf, langen Zöpfen aus Naturhaar und schönem Gewand fehlten.

Das war kein Bett für Madame Hélène, sondern für die kleine Helene, die noch an das Christkind und den Osterhasen glaubte.

Christian entdeckte ein Bild an der Wand. Es war eine Fotografie in Schwarz-weiß.

Als er näher hinging, hörte er Helene sagen:

„Das sind meine Eltern. Ich vermisse sie. Sie haben mir so viel Liebe gegeben. Ich denke jeden Tag an sie.“

Die sanfte Stimme, mit der Helene diese Worte gesagt hatte, berührte Christian. Er ging zu ihr und umarmte sie.

Er musste an seine Eltern denken; denn auch er vermisste sie. Am meisten jedoch die Mutter.

„Sie haben wohl alles richtig gemacht bei dir“, sagte Christian und küsste Helene auf die Stirn.

Dann nahm er Helene auf seine Arme und legte sie behutsam auf das Bett. So, wie man ein kleines Mädchen zum Schlafen niederlegt.

„Ich werde dich jetzt lieben, mein Herz", sagte Christian und dann begann er Helene ganz langsam auszuziehen.

„Ich bin so glücklich. Du bist der erste Mann, der diesen Raum je betreten hat", erwiderte Helene mit Tränen in den Augen, *„und das soll auch so bleiben. Bis in alle Ewigkeit. "*

*****

In den darauffolgenden Wochen konnten sich Christian und Helene nur selten treffen. Meistens kommunizierten sie via Skype.[7] Helene war beruflich sehr eingespannt, und Christian brachte ihr das nötige Verständnis dafür entgegen.

„Wie hat dir das Essen im Uferhaus gefallen?", fragte Helene, als sie wieder einmal beide vor den Bildschirmen ihres Laptops vereint waren.

„Sehr gut", antwortete Christian; *„aber das habe ich dir doch schon gesagt. "*

„Ich weiß, mein Geliebter", antwortete Helene, *„hättest du vielleicht Lust auf eine Wiederholung? "*

Christian mochte es, dass Helene ihn so nannte. Sie nannte ihn so seit ihrer ersten gemeinsamen Nacht.

---

[7] *Bildtelefonie über das Internet*

45

„Aber nur, wenn ich dieses Mal bezahlten darf", antwortete Christian.

„Das geht leider nicht", erwiderte Helene, *„ich erkläre dir auch, warum."*

Und dann erzählte Helene von dem Arrangement einiger Geschäftsleute, die sich einmal pro Monat im Uferhaus treffen.

Es geschieht immer an einem Montagabend, und jedes Mal ist ein anderer für die Zusammensetzung des Diners verantwortlich.

Er bestimmt auch den Zeitpunkt. Das kann am Monatsanfang, in der Mitte oder am Monatsende stattfinden. Einzige Bedingung: Es sollten mindestens zwei Wochen seit dem vergangenen Event dazwischen liegen.

Der jeweilige Ausrichter bestimmt dann die nächste Person, die an der Reihe sein wird.

Er ist ebenfalls für die Bezahlung verantwortlich. Zugelassen ist eine Person, zuzüglich einer weiteren Person als Begleitung.

Christian hatte aufmerksam zugehört.

„Ich nehme an, dass die Kosten für diese allmonatlichen Veranstaltungen dem Finanzamt als <Bewirtung von Geschäftsfreunden>untergejubelt werden."

46

„Wie ich sehe, hast du das Prinzip verstanden", parierte Helene die Bemerkung von Christian.

Es folgte ein Augenblick des Schweigens.

„Hast du damit etwa ein Problem, Geliebter?", fragte Helene vorsichtig, *„oder bist du mir böse?"*

Christian musste lachen. Da war wieder das kleine, unschuldige Mädchen, das man einfach gernhaben musste.

„Weder das eine noch das andere, mein Herz", antwortete Christian, *„wie könnte ich der Frau böse sein, die mich so hingebungsvoll <Geliebter> nennt."*

Christian sah in das Gesicht von Helene, das ihm aus dem Bildschirm seines Laptops entgegenstrahlte.

Er fragte sich, wie sich in ein und demselben Körper zwei so verschiedene Wesen, wie Madame Hélène und Helene befinden konnten.

Die eine liebte er abgöttisch und mit der anderen wusste er nicht so recht, wie er mit ihr umgehen sollte.

Und doch würde es nötig sein, mit beiden umgehen zu können, um nicht die zu verlieren, der sein Herz und seine Liebe gehörten.

*****

47

„Warst du schon einmal in Paris?"

Mit dieser Frage wurde Christian von Helene überrascht, nachdem er schon tagelang nichts von ihr gehört hatte.

Seine Anrufe waren immer auf die Mailbox verwiesen worden, und obwohl Christian um Rückruf gebeten hatte, war dieser nie erfolgt.

Helene verfügte über zwei Smartphones. Eines für rein private Zwecke und eines für ihren Beruf. Letzteres bat sie Christian nur dann anzurufen, wenn es unbedingt nötig sein sollte.

War es Rücksichtsnahme oder sein Stolz, dass Christian veranlasst hatte, nicht die Nummer von Helenes Geschäftstelefon zu wählen?

Er wusste es selbst nicht. Er wusste nur, dass es an Helene läge, sich bei ihm zu melden. Und seine Haltung roch schon verdächtig nach gekränkter Eitelkeit.

Entsprechend kühl reagierte er.

„Nein, ich war noch nicht in Paris. Hat mich auch nie besonders interessiert."

Der zweite Teil seiner Antwort war eine faustdicke Lüge.

Es ist nur schwer vorstellbar, dass es jemand gibt, bei dem schon die Erwähnung des Wortes „Paris" nicht Sehnsüchte erweckt.

48

„Das ist schade, mein Geliebter."

Christian spürte, wie das Wort „Geliebter" sofort Wirkung zeigte. Er bereute augenblicklich, was er gesagt hatte, und er beschloss, eilig zurückzurudern.

„Ich habe nur Spaß gemacht", versuchte er auf lockere Art seinen Fauxpas wieder auszubügeln.

„Paris ist ganz sicher eine wunderbare Stadt; aber ich war leider noch nie dort."

„Das wird sich ändern, mein Geliebter", antworte-te Helene, „wir werden für ein verlängertes Wochen-ende dorthin fliegen."

Christian musste die frohe Botschaft erst einmal sacken lassen.

„Bist du noch da?"

„Ja."

„Und? Was sagst du dazu?"

„Woher kommt der plötzliche Entschluss?", fragte Christian, der sich gerade wieder die längere, uner-trägliche Funkstille der letzten Tage vor Augen führte.

„Ich muss zu einer Modenschau von Pierre Rido. Er ist der neue Stern an Frankreichs Modehimmel."

Christian fühlte, wie sich eine Illusion in Luft auf-zulösen begann.

Er hatte sich gerade noch in einer Wolke von Wohlgefühl gerekelt, als die Ernüchterung kam.

„Eine reine Geschäftsreise also", dachte er bei sich, *„und keine voyage d'amour."*

„Was ist los mit dir, Christian?"

Helene riss Christian aus seinen düsteren Gedanken.

„Du wirkst so einsilbig. Bist du verärgert? Und wenn ja, über wen oder was?"

Christian gab keine Antwort.

„Hallo! Sprich mit mir!"

So sehr sich Christian bemühte, zu antworten, es ging einfach nicht.

„Ruf mich an, wenn du wieder bei Stimme bist", sagte Helene und beendete das Gespräch.

In Christian entstand eine schreckliche Leere. Er verstand nicht, was da gerade passiert war.

Er liebte diese Frau, wie er noch nie zuvor jemand geliebt hatte, und er hatte sich gerade verhalten wie ein pubertierender Jüngling.

*****

"Melden Sie mich bitte bei Madame Hélène."

Christian stand mit einem riesigen Strauß Rosen vor der Empfangsdame von „Mode Meunier".

"Und wen darf ich melden, mein Herr?", fragte die junge Frau, die ihre Augen wie gebannt auf das üppige Gebinde gerichtet hielt.

"Christian Le Crétin", antwortete Christian in dem Bemühen seinen Namen französisch klingen zu lassen.

Im Gegensatz zu Christian, bei dem noch Reste Schulfranzösisch übrig waren, verfügte die Empfangsdame über keinerlei dahin gehende Kenntnisse. Und also fragte sie höflich:

"Haben Sie eine Visitenkarte, mein Herr?"

Christian tat, als wolle er eine solche präsentieren, bemerkte aber mit dem Ausdruck des Bedauerns, dass sie wohl in seinem Auto lägen.

"Das macht nichts, mein Herr", sagte die Empfangsdame und griff zum Telefon.

"Hier ist ein Herr, der Sie sprechen möchte."

Unmittelbar danach fragte sie Christian:

"Wie war doch gleich noch der werte Name, mein Herr?"

„Christian Le Crétin", verehrte junge Dame", antwortete Christian, und die Empfangsdame bemühte sich redlich, das Gesagte an Madame Hélène weiterzugeben.

„Madame Hélène kommt sogleich, mein Herr", wandte sich die Empfangsdame sichtlich erleichtert an Christian.

Als Helene Christian erblickte, huschte ein Lächeln über ihr Gesicht.

„Mein lieber Monsieur Le Crétin, es ist mir eine große Freude, Sie bei uns begrüßen zu dürfen."

Sie reichte Christina die Hand zum Handkuss und Christian kam der Aufforderung nach.

Enchantée, Madame", die Freude ist ganz meinerseits", erwiderte Christian hocherfreut über Helenes Reaktion.

„Erlauben Sie mir, Ihnen das bescheidene Blumengebinde zu überreichen als Zeichen meiner Bewunderung."

Helene nahm die Blumen entgegen, um sie sofort an die Empfangsdame weiterzureichen.

„Ja, so sind sie die Franzosen. Immer charmant. Man muss sie einfach gernhaben.

Bringen Sie die Blumen Ihrer kranken Mutter, und merken Sie sich gut das Gesicht dieses Herrn.

Er ist ein Meister der Illusion, und man weiß nie so genau, woran man bei ihm ist."

Danach sagte sie zu Christian:

„Folgen Sie mir bitte, mein Herr. Wir haben einiges zu bereden."

Die junge Frau am Empfang wollte noch bemerken, dass ihre Mutter gar nicht krank sei; aber da war Madame Hélène mit ihrem Besucher schon enteilt.

*****

Das Büro von Madame Hélène war fast ebenso groß wie die kleine Eigentumswohnung von Christian, und vor der Fensterfront stand ein Schreibtisch mit den Ausmaßen eines Kleinwagens.

„Nehmen Sie bitte Platz, Monsieur Le Crétin", sagte Madame Hélène und wies auf einen der Sessel vor ihrem Schreibtisch.

Sie selbst setzte sich hinter den Schreibtisch und sah Christian eindringlich an.

„Was führt Sie zu mir, mein Herr?"

Christian empfand das Büro in diesem Augenblick eher als Gerichtssaal, sich selbst als Angeklagten und Helene als Richterin.

„Das weißt du doch", antwortete Christian, der sich dem ironischen Sprachduktus von Helene entziehen wollte.

„Da muss ich Sie leider enttäuschen, Monsieur", erwiderte Helene, worauf Christian aufstehen wollte, um das Büro zu verlassen.

„Setz dich ja wieder hin!", sagte Helene in gestrengem Ton, und Christian gehorchte.

„Du glaubst, du kommst mit einem Rosenstrauß zu mir, und alles ist wieder eitel Sonnenschein."

Christian saß da, wie das Kaninchen vor der Schlange, und wusste gerade nicht so recht wie ihm geschah.

„Und dann auch noch rote Rosen", setzte Helene ihr Spiel fort, und dass es sich um ein solches handelte, sollte Christian zeitnah erfahren.

„Weißt du überhaupt, was es bedeutet, wenn man einer Frau rote Rosen schenkt?"

Helene unterdrückte mühsam ein Lächeln. Es gelang ihr aber nicht wirklich, und Christian ging langsam ein Licht auf.

„Dass man sie liebt", stieß er erleichtert heraus. Dann sprang er auf, ging zu Helene, die ebenfalls aufgestanden war, und umarmte sie.

„*Du Hexe, du böse, böse Hexe*", sagte er, „*warum tust du das?*"

„*Weil du es verdient hast*", antwortete Helene, „*und ein bisschen Strafe musste sein.*"

„*Ich nehme die Strafe an*", sagte Christian, worauf Helene antwortete:

„*Du weißt doch noch gar nicht, wie die Strafe ausfällt.*"

„*Das ist mir egal*", antwortete Christian, „*ich nehme jede Strafe an, auch wenn sie noch so hoch ist.*"

„*So ist es recht, mein Geliebter*", erwiderte Helene, „*dann packe schon einmal deinen Koffer. Wir fliegen nach Paris.*"

*****

Das Haus in der Rue Fresnel liegt nur wenige Gehminuten vom Champ de Mars entfernt, an dessen nordwestlichem Ende sich der weltberühmte Eiffelturm erhebt.

Von der Rue Fresnel, über die Avenue de New York, weiter über die Pont d`Lena, vorbei am Carrousel de la Tour Eiffel, und schon steht man vor dem

324 Meter hohen Eiffelturm, erbaut 1889 von Gustave Eiffel, anlässlich der Weltausstellung und in Erinnerung an den 100. Jahrestag der Französischen Revolution.

Nachdem Helene den Klingelknopf betätigt hatte, trat eine ältere Dame heraus. Als sie Helene erblickte, öffnete sie weit ihre Arme und ein Strahlen ging über ihr Gesicht.

„Ma petite poupée"[8], rief die Dame entzückt und drückte Helene an ihren üppigen Busen, „je suis très heureux de te voir!"[9]

Und nach einem kurzen Moment fügte sie in Richtung Christian hinzu:

„Et bien sûr toi aussi!"[10]

Christians erstaunter Gesichtsausdruck veranlasste Helene zu sagen:

„Mon amoureux ne parle pas très bien le français."[11], was die ältere Dame dazu brachte, Christian anzustrahlen und zu sagen.

„Das macht doch nichts, mein Lieber, dann sprechen wir eben deutsch, n`est-ce pas?"[12]

---

[8] Mein Püppchen.
[9] Ich freue mich sehr, dich zu sehen.
[10] Und Sie natürlich auch.
[11] Mein Geliebter spricht nicht sehr gut französisch.
[12] Nicht wahr?

„Dann kommt erst einmal herein und herzlich willkommen!"

Madame Jeanne Darrieux, so der Name der freundlichen, älteren Dame ging voraus und Helene und Christian folgten ihr.

„Wer ist das?", flüsterte Christian leise, *„und was machen wir hier?"*

„Das ist Maman Jeanne", flüsterte Helene ebenfalls, *„und wir werden hier wohnen."*

„Waas?"

Dieser Frage wohnte ein Hauch Entsetzen bei. Christian hatte sich auf eine Suite als Minimum eingestellt und jetzt das.

„Tout va bien?",[13] fragte Madame Jeanne, die den Entsetzenslaut von Christian wohl gehört hatte, und Helene antwortete:

„Tout va bien, Maman Jeanne ; merci."

Als Christian und Helene wenig später allein waren und begonnen hatten, ihre Koffer auszupacken, sagte Christian:

„Ich denke, du solltest mir einiges erklären; findest du nicht auch?"

---

[13] *Ist alles in Ordnung?*

„Mach ich, mein Geliebter", antwortete Helene und nahm Christian bei der Hand.

Sie führte ihn zum Fenster und sagte dabei.

„Jetzt genieße erst einmal die Aussicht. Ist das nicht herrlich? Ich habe diese Aussicht viele Jahre lang, Tag für Tag genießen dürfen."

Christian sah hinaus, und dann sah er, was Helene damit gemeint hatte.

Wie zum Greifen nahe, stand da eines der vielen Wahrzeichen der Stadt, der Eiffelturm.

„Wieso hast du diese Aussicht viele Jahre lang genießen können?", fragte Christian, und Helene antwortete:

„Weil ich hier als junge Studentin bei Maman Jeanne gewohnt habe."

„Du hast studiert?", fragte Christian überrascht.

„Ich höre da einen gewissen Unterton in deiner Stimme", erwiderte Helene, *„traust du mir etwa nicht zu, dass ich studiert habe?"*

„Aber ja doch", antwortete Christian eilig, *„und was hast du studiert?"*

„Zuerst Malerei; aber das hat nicht hingehauen. Die Bemerkung eines Professors, ich solle lieber Mo-

58

dezeichnerin werden, anstatt seine Zeit zu verschwenden, hat mich dann auf die richtige Spur gebracht.

Ich hatte zuvor schon immer wieder mal kleinere Skizzen gemacht, wenn ich mit Kommilitonen vor einem Bistro saß, und die vorbeiflanierenden Damen in ihren schicken Kleidern gesehen habe.

Francine, eine meiner Mitstudentinnen hat mich schon damals auf dieses Talent hingewiesen; aber ich wollte ja unbedingt eine berühmte Malerin werden.

Sie war es auch, die mich auf die Wohnmöglichkeit bei ihrer Tante aufmerksam gemacht hatte. Ich durfte dann mit ihr ein Zimmer teilen."

„Ich nehme an, bei der lieben Tante handelt es sich um Frau Jeanne", sagte Christian.

„Ja", antwortete Helene, *„sie hat mich damals aufgenommen wie eine Mutter. Wir verstanden uns auf Anhieb, und diese Verbindung hat bis heute gehalten, wie du siehst."*

„Und wie ging es dann weiter?", fragte Christian.

Es dauerte eine Weile, bevor Helene fortfuhr. Es sah aus, als blättere sie in ihrem Album der Vergangenheit, um die Antwort auf Christians Frage zu suchen.

„Mit Maman Jeannes Hilfe bekam ich einen Ausbildungsplatz als Schneiderin in einem kleinen Modegeschäft auf der Avenue Foch.

Die Patronne[14] mochte mich, obwohl ihr Bruder im Krieg gegen die Deutschen gefallen war. Oder vielleicht sogar deshalb. Ich weiß es bis heute nicht, und ich habe sie nie danach gefragt."

Helene hielt inne. Ihr Blick ging versponnen ins Leere. Christian überlegte, ob er sie ansprechen sollte, unterließ es aber.

Dann wies sie plötzlich auf den Raum, in welchem sie sich gerade befanden und sagte:

„Nicht, dass du denkst, dass dies unser Zimmer war, in dem ich mit Francine damals wohnte. Unser Zimmer war ziemlich klein; aber sehr gemütlich.

Und da war dann noch der Blick, auf den Eiffelturm. Wir bezeugten ihm jeden Morgen unseren Respekt, nachdem wir aufgestanden waren.

Wir verbeugten uns vor ihm und bekundeten, dass wir wie er, eines Tages auch weit hinaufkommen würden."

Helene lachte. Sie klappte das Album der Erinnerung wieder zu und sagte zu Christian:

„Lass uns zu Maman Jeanne gehen; sie wartet sich schon mit dem Kaffee auf uns."

*****

---

[14] *Chefin*

60

Helene und Christian waren zeitig zu Bett gegangen. Die Anreise und die ganze Aufregung mit Maman Jeanne hatte Spuren hinterlassen.

Es gab eine Unmenge zu erzählen, und ab und zu verfielen die beiden Frauen ins Französische, besonders wenn es sich um aufregende Geschehnisse handelte.

Christian verfolgte das Ganze mit einem inneren Lächeln. Es war schön zu sehen, wie stark das Band war, welches Helene und Madame Jeanne verband.

„Du bist glücklich, dass wir bei Madame Jeanne sind" sagte Christian, als er mit Helene, dicht an ihn geschmiegt, im Bett lag.

„Sehr sogar, mein Geliebter", antwortete Helene, *„und nenne sie nicht Madame Jeanne."*

„Wie soll ich sie denn nennen?", erwiderte Christian, und bevor Helene darauf antworten konnte, fügte er schnell hinzu:

„Ich werde sie keinesfalls Maman nennen."

„Natürlich nicht du conard[15]", erwiderte Helene, *„nenne sie einfach Jeanne."*

„Was heißt das?", fragte Christian.

„Was meinst du?", antwortete Helene.

---

[15] *Affe*

61

„Das weißt du ganz genau", sagte Christian.

„Ach das", erwiderte Helene, *„schau morgen im Wörterbuch nach. Und jetzt lass uns schlafen; ich bin müde."*

Sie gab Christian einen Gutenachtkuss und drehte sich auf die andere Seite.

Christian drehte sich ebenfalls auf die andere Seite und sah in der Ferne den blinkenden Eiffelturm, der von 20.000 Lämpchen bis in die späte Nacht illuminiert wird.

Er fragte sich im selben Augenblick, ob es eine liebevolle Geste war oder einfach nur Kalkül, dass ihm Helene den Fensterplatz zum Schlafen angeboten hatte.

*****

„Guten Morgen, meine Lieben. Habt ihr gut geschlafen?"

„Haben wir. Wie die Murmeltiere. Stimmt `s, mein Geliebter?"

Christian überlegte, ob er wahrheitsgemäß antworten sollte oder die Wahrheit ein wenig schönen.

Jeanne nahm ihm die Entscheidung ab und fragte weiter:

„Was werdet ihr heute unternehmen?"

„Ich treffe mich mit André Berlioz, dem Geschäfts-führer von Pierre Rido", antwortete Helene, und auf die Frage, was Christian in der Zeit machen würde, sagte Helene knapp und deutlich:

„Er wird mich begleiten."

Madame Jeanne sah Helene mit starrem Blick an und wandte sich dann an Christian.

„Ist es auch das, was Sie möchten, Monsieur Christian?"

Und wieder antwortete Helene für Christian.

„Was für eine Frage? Natürlich möchte Christian mich begleiten."

„Dann ist es ja gut. Habt einen wunderschönen Tag."

Mit diesen Worten verließ Jeanne den Frühstücks-tisch und ließ zwei Menschen zurück, von denen sich einer in einem Gefühlstaumel befand.

Christian kam sich gerade vor, als wäre er ein klei-ner Junge, dem man sagen muss, wie er sich zu ver-halten habe und was er tun sollte.

Als er dann später auf Menschen traf, mit denen er absolut nichts gemeinsam hatte, fragte er sich zum ersten Mal, ob die Beziehung zu Helene nicht ein fataler Irrtum wäre.

Kaum, dass sie das Imperium von Pierre Rido betreten hatte, wurde aus Helene wieder Madame Hélène, eine Kunstfigur, die nur wenig Menschliches an sich hatte.

Christian empfand Helene als ein Chamäleon, das sich blitzartig jeder Situation anzupassen vermochte.

Das ging so weit, dass Helene scheinbar vergessen hatte, dass Christian in ihrer Begleitung war. Sie hielt es noch nicht einmal für notwendig, ihn mit den anderen bekannt zu machen.

Christian zog die Reißleine. Er besorgte sich einen Zettel und einen Stift und notierte ein paar Worte darauf. Den Zettel gab er einem der vielen herumwuselnden Wesen mit dem Hinweis „*pour Madame Hélène*" und verschwand.

Ein Taxi brachte ihn zum Eiffelturm. Dort stieg er aus und mischte sich unter die Masse der Touristen.

Er schlenderte zur Seine, setzte sich mitten unter die Leute und beobachtete den Fluss. Die Touristen, welche auf den „Bateaux Mouches"[16] unterwegs waren, winkten freudig ans Ufer, und Christian winkte zurück.

---

[16] *Kleine Vergnügungsschiffe auf der Seine*

64

Es war schon früher Abend, als Christian zu Fuß in die Rue Fresnel einbog. Ihm war nicht wohl, als er das Haus von Jeanne betrat.

Die bevorstehende Begegnung mit Helene bedrückte ihn. Er war froh, als er sah, dass Helene noch nicht zurück war.

„Nanu, Sie sind allein, Monsieur?"

Jeanne sah Christian erstaunt an und fragte weiter:

„Ist etwas passiert? Wo ist Hélène?"

Obwohl es absolut naheliegend war, dass Jeanne Helenes Namen französisch aussprach, widerstrebte es Christian.

Christian war bemüht zu lächeln, es wirkte jedoch nicht sehr überzeugend.

Jeanne sah Christian eindringlich an.

„Sie sind wie ein Toutou, Christian."

Es war das erste Mal, dass Jeanne ihn mit seinen Vornamen angesprochen hatte.

„Was ist das?", fragte Christian zaghaft.

„Das ist ein kleines Hündchen, das brav neben seinem Frauchen herläuft", antwortete Jeanne mit einem feinen Lächeln, als wolle sie damit andeuten, Christian nicht verletzen zu wollen.

„Sie haben recht, Madame", erwiderte Christian, *„genauso ist das wohl. Leider..."*

„Ich mache Ihnen einen Vorschlag", sagte Jeanne, *„wir lassen den Monsieur und die Madame weg, und wir duzen uns. Ich als die Ältere erlaube mir, das zu sagen. D`accord?"*

*„D`accord!"*, antwortete Christian inbrünstig, wissend aus seiner Schulzeit, dass „d`accord" so viel wie „einverstanden" bedeutet.

Jeanne küsste Christian auf beide Wangen, und Christian fühlte sich auf wundersame Weise geborgen.

„Jetzt hole ich uns einen Cognac und dann warten wir auf Madame Hélène.

Und wenn sie kommt, wirst du ihr gründlich die Meinung sagen.

Du wirst ihr sagen, dass du kein Toutou bist und dass sie dir Respekt entgegenbringen soll. D`accord?"

„D`accord!", erwiderte Christian, und er fühlte, wie der Pegel seines Selbstwertgefühls in schwindelnde Höhen zu steigen begann.

*****

66

„Wieso hast du mir einen Zettel übergeben lassen, auf dem du mir deinen unrühmlichen Abgang mitgeteilt hast?"

Helene war förmlich in das Zimmer hineingerauscht, eine mächtige Welle der Empörung vor sich herschiebend.

„Lentement, lentement, pas si vite avec les jeunes chevaux"[17], bremste Jeanne den Eindringling ein.

„Erstens sind wir hier nicht beim Theater, und zweitens gelten in meinem Haus noch immer die Regeln des Anstands und des gegenseitigen Respekts.

Du könntest also noch einmal das Zimmer verlassen, wieder hereinkommen und uns einen guten Abend wünschen."

Jeanne sah Helene mit einem Blick an, der nicht den geringsten Spielraum für Spekulationen ließ.

Während Helenes Studienzeit war Jeanne für sie wie eine Mutter. Stets liebevoll, aber auch sehr streng.

Es brauchte nur einen kurzen Moment, bevor Helene aus dem Zimmer ging. Ihr war bewusst, dass Jeanne ihr den Aufenthalt in ihrem Haus augenblicklich kündigen würde, sollte sich Helene querlegen.

„Guten Abend!"

---

[17] *Langsam, langsam, nicht so schnell mit den jungen Pferden*

67

Diese zwei Worte waren Helene nur sehr schwer über die Lippen gegangen. Sie sah zwei Menschen vor ihren Cognacgläsern sitzen, mit sich und der Welt im Reinen, während ihr Innerstes brodelte wie die Lava in einem Vulkan, der kurz vor einem Ausbruch stand.

„Setz dich zu uns, ma petite poupée, und trink ein Glas mit uns. Und dann kannst du uns erzählen, was du so erlebt hast oder was dich bedrückt."

Da war sie wieder, diese Souveränität einer Frau, welche Helene noch aus ihrer Studienzeit in Erinnerung hatte.

Es war damals nicht ganz einfach mit zwei jungen Mädchen unter einem Dach, die rebellischer nicht sein konnten.

Da brauchte es schon sehr viel Geschick, die ungestümen, jungen Wesen zu lenken, und Maman Jeanne hatte dieses Geschick.

Helene setzte sich nieder, wie geheißen, und nahm einen großen Schluck von dem Cognac, den ihr Jeanne eingeschenkt hatte.

Sie stellte das Glas wieder ab und wandte sich dann Christian zu.

„Ich warte noch immer auf eine Antwort von dir."

Diese Worte von Helene bargen ein großes Aggressionspotenzial.

Jeanne wollte gerade einschreiten, wurde aber von Christian mit einer Handbewegung zurückgehalten.

„Jetzt höre mir bitte genau zu, Madame Hélène", begann Christian sein Plädoyer, und die Art, wie er Helenes Namen übertrieben französisch aussprach, überzeugten Jeanne, dass Christian auf einem guten Weg war.

„Ich bin weder dein Spielzeug, noch dein Toutou, das du beliebig herum schubsen kannst."

Helene blickte vorwurfsvoll zu Jeanne, denn ihr war klar, dass „Toutou" keinesfalls zum Französisch-Wortschatz von Christian gehörte.

„Ich werde morgen zurückfliegen, und zwar allein. Dann kannst du dich ungestört deinen Modekasperln widmen.

Wir beide leben in zwei total verschiedenen Welten, und es ist besser, wir trennen uns wieder.

Ich werde heute Nacht in Francines Zimmer schlafen. Das ist alles, was ich dir zu sagen habe."

Christian stand auf, ging zu Jeanne und küsste sie auf die Wangen.

„Gute Nacht, Jeanne, schlaf gut und vielen Dank für alles."

Helene nickte er nur kurz zu. Dann verließ er den Raum.

Helene griff mit zitternder Hand nach ihrem Glas. Sie leerte den Rest mit einem Zug. Ihre Augen füllten sich mit Tränen.

„Warum hat er das gesagt, Maman?"

Helene hatte Mühe, Jeanne das zu fragen. Sie starrte sie ungläubig an, in der Hoffnung, es könnte alles nur ein schlechter Traum gewesen sein.

„Weil es ihm ein Bedürfnis war und weil er recht hat, ma petite poupée", antwortete Jeanne und streckte ihre Arme nach Helene aus.

„Viens voir ici!" [18]

Helene ging zu Jeanne und lehnte ihren Kopf an ihre Brust.

Jeanne strich Helene über den Kopf, wie sie es vor vielen Jahren unzählige Male gemacht hatte, wenn „La petite poupée" wieder einmal nicht ein noch aus wusste.

„Du wirst sehen, morgen sieht alles wieder ganz anders aus", sagte Jeanne, und auf die Frage, ob das denn wirklich so wäre, fügte Jeanne lächelnd hinzu:

„Bien sûr!" [19]

*****

---

[18] *Komm mal her!*
[19] *Gewiss!*

70

Als sich die drei Menschen am nächsten Morgen beim Frühstück trafen, erfüllten drei verschiedene Gemütsverfassungen den Raum.

Christian zweifelte daran, dass der Gordische Knoten gelöst werden könnte.

Helene hoffte inbrünstig, dass es möglich sein würde.

Und Jeanne war davon überzeugt, ihn lösen zu können.

Sie war noch in der Nacht zu Christian ins Schlafzimmer gegangen, um mit ihm zu reden.

„Du wirst morgen nicht in das Flugzeug steigen", hatte sie zu Christian gesagt, *„davonlaufen war noch nie eine Lösung."*

Danach war sie zu Helene gegangen, um ihr zu sagen, *„dass Christian ein Mann wäre, um den zu kämpfen es sich lohnen würde."*

Nun saßen sie da, mit gesenktem Haupt ihr Frühstück hinunterwürgend, beseelt von dem Wunsch, der peinlichen Situation schnellstmöglich entfliehen zu können.

„Hier ist der Schlachtplan für heute."

Mit diesen markigen Worten zog Jeanne die Aufmerksamkeit auf sich.

„Hélène, du triffst dich mit deinen Modefreunden."

Helene nickte als Zeichen ihrer Zustimmung. Dann wandte sich Jeanne an Christian und sagte:

„Und wir zwei erobern heute die Sehenswürdigkeiten von Paris."

Christian nickte ebenfalls stumm und warf Helene einen kurzen Blick zu. Ihm war, als hätte ihm Helene ein kleines, zaghaftes Lächeln zugeworfen.

Es schmerzte Christian, dass alles so gekommen war. Er liebte diese Frau; fürchtete sich aber davor, sich dieser Liebe mit all ihren Konsequenzen zu stellen.

Christian wendete seinen Blick wieder ab von Helene und sah jetzt zu Jeanne. Sie lächelte ebenfalls, nur dass ihr Lächeln, im Gegensatz zu Helene, offen und zuversichtlich war.

„Dann ist ja alles klar. Wir treffen uns dann am Abend und dann wird geredet. Es wird ein Gespräch sein, ähnlich einem reinigenden Gewitter, und danach wird die Sonne durchbrechen und alle trüben Wolken verjagen. Compris?"[20]

Und wieder bekundete ein stummes Nicken, dass die Botschaft von Jeanne angekommen war.

*****

---

[20] *Verstanden?*

72

Jeanne hatte beschlossen, mit Christian eine Hop-on-Hop-off-Tour mit dem Bus zu machen.

Man steigt irgendwo ein, fährt los, steigt bei einem Punkt, der einen interessiert aus, macht eine Besichtigung und steigt danach wieder in den Bus. Dann fährt man bis zum nächsten Haltepunkt, um bei vorhandenem Interesse dort wieder auszusteigen usw.

Die beiden hatten Glück. Strahlender Sonnenschein ließ sie auf dem offenen Oberdeck des Busses die Fahrt genießen.

„Ich bin sehr froh, dass du nicht abgereist bist", sagte Jeanne, worauf Christian nur mit den Schultern zuckte. Er war sich nicht sicher, ob es richtig war, zu bleiben.

Wahrscheinlich hatte er es nur Jeanne zuliebe getan und nicht aus Überzeugung.

„Glaube mir, Christian", setzte Jeanne nach, *„du hättest es sonst irgendwann bereut. "*

Christian sah Jeanne an und lächelte.

„Lass uns jetzt einfach den schönen Tag genießen", sagte er dann und erwiderte das Lächeln von Jeanne.

Obwohl er diese Frau noch vor wenigen Tagen überhaupt nicht kannte, fühlte er doch ein starkes Vertrauen zu ihr.

„Hast du bestimmte Wünsche oder Interessen?", fragte Jeanne, und Christian antwortete:

„Ich gebe mich vertrauensvoll in die Hände meiner Reiseleiterin."

„D`accord", erwiderte Jeanne, *„dann machen wir das so."*

Die Fahrt begann bei der „Opéra Garnier" und führte vorbei am berühmten „Café de la Paix" zur „Cathédrale Notre-Dame de Paris".

Das war der erste Haltepunkt, an dem die beiden Ausflügler den Bus verließen.

Sie mischten sich unter die große Zahl der Touristen, die mit Smartphones, Tablets und Kameras ihre Erinnerungen für die Ewigkeit festhielten.

Jeanne machte ebenfalls das eine oder andere Bild von Christian, entgegen seinen zaghaften Versuchen, es zu unterbinden.

„Du wirst mir noch dankbar dafür sein", so das Argument von Jeanne, dem sich Christian schließlich beugte.

An eine Besichtigung des „Louvre" war überhaupt nicht zu denken. Eine endlose Schlange war genügend Abschreckung, es erst gar nicht versuchen zu wollen.

„Das heben wir uns für ein andermal auf", argumentierte Jeanne, *„wenn weniger Touristen in der Stadt sind."*

Christian war überrascht, dass es einen kleinen Bruder des großen Triumphbogens auf der „Champs Elysée" gibt, den „Arc de Triomphe du Carrousel", in unmittelbarer Nähe des „Louvre".

Dann ging die Fahrt weiter. Sie führte vorbei am „Palais de la Cité", der früheren Residenz der französischen Könige, zur „Pont Saint-Michel", welche die „Île de la Cité" mit dem linken Seineufer verbindet.

Als sie über die „Pont des Arts" fuhren, überkam Christian eine tiefe Wehmut.

Das ist die berühmte Brücke, an der Verliebte ihre „Liebesschlösser" hängen. Christian musste spontan an Helene denken.

Jeanne hatte es wohl bemerkt, denn sie sagte:

„Ein zwiespältiges Symbol für die Liebe. Sie lässt sich nun einmal nicht festhalten, noch nicht einmal mit einem Schloss."

Bevor sie auf die „Champs Elysée" und um den „Arc de Triomphe" fuhren, führte sie ihre Tour ganz dicht beim „Café Georg V" vorbei.

Das 1928 im Art-Deco-Stil erbaute Hotel mit seinen 244 Zimmern und Suiten bietet eine beeindruckende Kunstsammlung und drei Gourmet-

Restaurants mit insgesamt fünf Sternen im Guide Michelin, was einmalig in Europa ist.

Beeindruckend auch der Keller, 14 Meter unter der Erde, der mehr als 50.000 Flaschen Wein beherbergt.

Den Rest der Tour verbrachten Jeanne und Christian auf dem Oberdeck, einfach nur schauend und staunend:

„Grand Palais", „Assemblée Nationale", „Palais de Chaillot", „Tour Eiffel", „Pont Alexandre III", „Dôme des Invalides", und „Place de la Conorde".

„Das war alles sehr beeindruckend", sagte Christian, als sie den Bus verließen, „ich danke dir sehr, Jeanne".

„Ich freue mich, wenn es dir gefallen hat", erwiderte Jeanne, „aber jetzt wird es Zeit für einen guten Kaffee; meinst du nicht auch?"

„Bien sûr!"[21], antwortete Christian, was Jeanne veranlasste, ihrem Erstaunen mit einem „Oh là là!"[22] Ausdruck zu verleihen.

Als sie wenig später vor einem Straßenkaffee Platz genommen hatte, sagte Jeanne plötzlich:

„Vor einem solchen Kaffee sind Hélène und Francine während ihrer Studienzeit gern gesessen und

---

[21] Ugs. für „na logisch!"
[22] „Wusch!"

76

haben die vorbeiflanierenden Leute studiert und wohl auch ausgerichtet."

Die Worte von Jeanne wurden von einem seltsamen Lächeln begleitet. Ihre Gedanken waren für einen kurzen Augenblick weit in die Vergangenheit zurückgegangen.

„Was ist aus Francine geworden?", fragte Christian.

Das Lächeln in Jeannes Gesicht verschwand augenblicklich und an seine Stelle trat eine tiefe Tristesse.

*****

Helene Marschal war gerade einmal 23 Jahre, als sie ihr unbändiger Wille, Malerin zu werden, nach Paris führte.

Sie hatte die Aufnahmeprüfung bei der „École nationale supérieure de beaux-arts de Paris" geradeso bestanden, und war von ihrem Talent mehr überzeugt als ihre Professoren.

Sie lebte mit mehreren Personen in einer Kommune, und ihre Ernährung bestand bevorzugt aus Baguette, Käse und Rotwein.

Nicht, dass Helene sich keine warme Mahlzeit hätte leisten können - ihr Stolz ließ es nicht zu.

Sie stammte aus einem begüterten Elternhaus, lag aber mit ihrem Vater ständig im Zwist. Der Vater betrieb eine gut gehende Kanzlei und hätte das einzige Kind gern als seine Nachfolgerin gesehen.

Nach dem Abitur hatte Helene äußerst widerwillig damit begonnen, Jura zu studieren. Sie brach jedoch das Studium schon nach einem knappen Jahr wieder ab.

Daraufhin drehte der Herr Papa den Geldhahn zu und Helene flüchtete ins Ausland.

Ihre Mutter schickte ihr, hinter dem Rücken des Vaters, immer wieder Geld. Helene verwendete es aber nur im äußersten Notfall, weil sie glaubte, dadurch zu den anderen, geldknappen Mitstudierenden dazu zu gehören. Sie wollte keinesfalls als verwöhntes Töchterlein gesehen werden.

Das Leben in der Kommune verlief äußerst freizügig. Man folgte dem „l'esprit du temps"[23], in gewollter Konfrontation mit dem Establishment.

Sex und Drogen waren ein wesentlicher Bestandteil des täglichen Lebens, und Helene kostete es in vollen Zügen aus.

---

[23] *Geist der Zeit.*

Das Studium trat dabei immer mehr in den Hintergrund und blieb nicht ohne Folgen.

Als ihr ein Professor eines Tages offenbarte, dass ihre Bemühungen, je eine große Malerin zu werden, völlig aussichtslos wären, tat sie etwas Verhängnisvolles.

Sie nahm die Pinsel aus dem Glas und schüttete den farbverschmutzten Inhalt auf die Brust des Professors.

Das führte dazu, dass Helene unwiderruflich nahegelegt wurde, sie möge die Schule augenblicklich verlassen.

In der Kommune wurde am Abend heftig über das Vorkommnis diskutiert.

Auf die Frage, wie der Eklat zustande gekommen war, antwortete Helene:

„Der Prof hatte mich schon länger auf dem Kieker. Einmal hat er zu mir gesagt, ich könne gut Obstteller und Blumenvasen malen, hätte aber kein Talent für große Malerei. Ich würde mit dem Kopf malen und nicht mit der Seele. So ein Quatsch."

Helene bemerkte nicht die Blicke ihrer Mitbewohner, welche den Ausführungen des Professors im Geheimen zustimmten. Helene war in ihren Augen nicht das große Talent, für das sie sich selber hielt.

„Und was wirst du jetzt machen?", fragte einer in der Gruppe.

„Ich weiß es nicht", antwortete Helene, *„ich werde mich erst einmal ordentlich besaufen."*

*****

Während Helenes Mitbewohner weiter regelmäßig die Schule besuchten, vertrieb sie sich die Zeit in Cafés und Bistros.

„Darf ich mich zu dir setzen?"

Es war Francine Brasseur, ebenfalls Studentin an der staatlichen Hochschule der schönen Künste.

Im Gegensatz zu Helene war Francine eher ein introvertiertes Wesen. Sie hatte den Affront gegen den Professor miterlebt, und im Geheimen bewunderte sie Helene für deren Couragiertheit.

„Das ist ein freies Land", erwiderte Helene wenig freundlich und fragte dann:

„Kennen wir uns?"

„Ich bin Francine und gehe in dieselbe Klasse wie du."

80

„Ich gehe in keine Klasse", gab Helene schnoddrig zurück und sah Francine etwas genauer an. Es begann ihr leidzutun, dass sie gerade so unfreundlich war, und sagte deshalb:

„Jetzt erinnere ich mich an dich. Entschuldige bitte; aber ich bin zurzeit nicht besonders gut drauf."

„Das verstehe ich", antwortete Francine, *„du musst dich nicht entschuldigen."*

Das Verständnis und die großzügige Geste von Francine begannen Helene zu reizen; aber sie widerstand.

„Wo wohnst du?", fragte sie Francine, *„bist du aus Paris? Wohnst du bei deinen Eltern?"*

„Nein", antwortete Francine, *„ich komme vom Land, wohne aber bei meiner Tante, hier in Paris. Warum fragst du?"*

„Weil ich eine Bleibe suche", antwortete Helene.

„Wo hast du bisher gewohnt?", fragte Francine, und Helene begann zu bereuen, dass sie Francine gefragt hatte.

„Dort kann ich nicht mehr wohnen", sagte Helene, ohne damit die Frage von Francine wirklich beantwortet zu haben.

„Ich könnte ja meine Tante fragen, ob du bei ihr wohnen kannst."

Diese Worte klangen wie Musik in Helenes Ohren.

„Das würdest du für mich tun?"

Helenes ruppige Art vollzog gerade einen deutlich erkennbaren Wandel. Dieses engelsgleiche Wesen könnte die Rettung für ihre prekäre Situation werden.

Es war ganz einfach. In der Kommune konnte und wollte sie nicht länger bleiben, und Geld für ein Zimmer hatte sie nicht.

Und nach Hause zurückgehen und ihr Scheitern eingestehen, das kam auf gar keinen Fall infrage.

Aber nun stellte sich für Helene die bange Frage, mit welchem Geld sie das Zimmer bei Francines Tante finanzieren sollte?

Bisher war das kein Problem. Mit dem Geld, das ihr die Mutter regelmäßig schickte, konnte sie den geringen Mietanteil in der Kommune finanzieren und sich recht und schlecht ernähren. Aber jetzt?

„Was würde denn ein Zimmer bei deiner Tante kosten?", fragte Helene vorsichtig.

Francine überlegte kurz. Ihr war bewusst, dass eine Studentin aus dem Ausland wohl kaum über größere Mittel verfügen würde.

„Wenn ich der Tante sage, dass wir Freundinnen sind, dann lässt sie dich vielleicht bei mir in meinem

82

Zimmer schlafen. Dann würde es nichts kosten. Außer vielleicht ein paar Francs für das Frühstück."

"Das klingt fantastisch, liebe Francine", sagte Helene begeistert und fragte dann, begleitet von einem beinahe kryptisch anmutenden Lächeln:

"Sind wir denn Freundinnen?"

Francine lächelte ebenfalls und antwortete:

"Wenn du das möchtest, Hélène?"

"Und wie ich das möchte, Francine."

Helene hatte das so laut und voller Inbrunst gesagt, dass die Gäste in der Nachbarschaft aufmerksam geworden waren.

Während Francine verschämt zu Boden blickte, rief Helene den Kellner und bestellte Champagner.

"Du bist meine Heldin und meine Retterin", sagte sie, stand auf und umarmte Francine.

"Ich muss aber erst die Tante fragen", wendete Francine ängstlich ein, und Helene antwortete:

"Ach was; du schaffst das schon..."

*****

Jeanne Darrieux war anfangs etwas skeptisch, als ihre Nichte eine Studienkollegin mitbrachte.

„Sie sind also Hélène, eine Freundin von Francine."

Die Art, wie Jeanne das Wort „Freundin" betonte, ließ erkennen, dass sie nicht so recht daran glauben wollte, dass Francine eine Freundin gefunden hatte.

Die Tochter des Bruders von Jeanne hatte es bislang nicht zu einer dauerhaften Freundschaft gebracht, unabhängig davon, ob Mann oder Frau.

Sie war wie ein scheues Reh, das gern Abstand zur Spezies Mensch hielt.

„Oui, Madame", antwortete Helene und deutete einen kleinen Knicks an, wie das wohlerzogene Mädchen gerne tun. Das wiederum vermehrte jedoch die Skepsis von Madame noch mehr.

Andererseits reizte sie der Gedanke, dass ihre Nichte sich vielleicht durch den Umgang mit der jungen Frau der Welt etwas mehr öffnen würde.

„Dann herzlich willkommen, Hélène", sagte Jeanne, *„ich hoffe, Sie werden sich unter meinem Dach wohlfühlen."*

„Das werde ich, Madame", erwiderte Helene, *„da bin ich mir ganz sicher. Und was die Bezahlung angeht..."*

84

„Darüber reden wir später", unterbrach sie Jeanne, *„jetzt bringen Sie erst einmal Ihre Sachen in ihr neues Domizil."*

„Vielen Dank, Madame", sagte Helene, *„und bitte sagen Sie nicht <SIE> zu mir."*

Jeanne Darrieux lächelte. Sie hoffte, dass von dem Selbstbewusstsein ihres neuen Beherbergungsgastes vielleicht ein wenig auf Francine überspringen könnte.

*****

Jeanne besaß eine kleine, aber sehr feine Boutique in bester Lage.

Sie hatte Helene das Angebot gemacht, für Kost und Logis nichts bezahlen zu müssen, wenn sie ihr im Gegenzug dafür in der Boutique aushelfen würde.

Helene war sofort damit einverstanden. Es gefiel ihr, die feinen Damen zu beobachten, wenn diese in großer Affektiertheit um die angebotene Ware herumtänzelten, ein Glas Champagner mit gespreizten Fingern in ihrer Hand haltend.

Sie nahm manchmal einen Stift und skizzierte, was sie sah.

„Du hast Talent, Hélène", sagte Jeanne, als sie wieder einmal über ihre Schulter schaute, und das meinte sie auch so.

Ein weiteres Talent zeigte sich bei Helene, wenn sie kleinere Näharbeiten an Kleidungsstücken durchführte, welche durch unsachgemäßes Hantieren seitens einer ungeschickten Kundschaft entstanden waren.

„Hättest du vielleicht Lust, eine Lehre als Schneiderin zu machen?"

Diese Frage von Jeanne machte Helene erst einmal sprachlos.

„Ich sehe doch, dass dich Mode interessiert. Und ich habe gesehen, dass du Geschick mit Nadel und Faden hast. Und zeichnen kannst du auch.

Mache eine Lehre als Schneiderin, und vielleicht kannst du nebenbei oder danach noch eine Ausbildung als Modezeichnerin machen. Wie klingt das in deinen Ohren?"

„Wie himmlische Musik, Madame", antwortete Helene, und das Strahlen in ihrem Gesicht bestätigte das eindrucksvoll.

„Dann werde ich das in die Wege leiten."

*****

86

Juliette Moreau war eine wohlbeleibte Dame und Meisterin der Schneidereikunst.

„Du möchtest dich also von mir zur Schneiderin ausbilden lassen?", fragte Juliette auf Französisch und schaute Helene mit prüfendem Blick dabei an.

„Oui, Madame", antwortete Helene, die sich gerade fragte, ob ihre Kenntnisse der französischen Sprache wohl ausreichend wären, um mit Madame zu kommunizieren.

„Du bist eine Deutsche", sagte Juliette und Helene erstarrte. Mit dieser Frage hatte sie nicht gerechnet, obwohl es doch an und für sich naheliegend war.

„Ja, Madame", antwortete Helene, überrascht darüber, dass Juliette jetzt deutsch mit ihr sprach.

Juliette deutete auf eine Fotografie, die an der Wand hing.

„Das ist mein älterer Bruder Robert. Ihr habt ihn mir genommen."

Helene schluckte. Sie hatte den Sinn dieser Worte sofort begriffen. Sie sah in die Augen von Juliette und erkannte in ihnen einen feuchten Schimmer.

„Es tut mir sehr leid, Madame", sagte Helene mit leiser Stimme, *„ich werde jetzt wohl besser wieder gehen."*

„Hiergeblieben!"

Es klang beinahe wie ein Befehl.

„Du willst doch Schneiderin werden, oder etwa nicht?"

Helene nickte; denn das Sprechen wäre ihr gerade äußerst schwergefallen.

„Du kannst schließlich ja nichts dafür, was deine Vorfahren verbrochen haben. Und jetzt komm mit, ich zeige dir, wo du dich umziehen kannst."

Und damit begann die Lehre bei Madame Juliette Moreau, die Helene mit viel Geduld und Hingabe die Schneiderei beibrachte.

Über Robert wurde nie mehr gesprochen.

*****

Helene hatte ihre Schneiderlehre beendet und sogar mit Auszeichnung bestanden. Madame Moreau war sichtlich stolz, als sie Helene zu ihrem Erfolg gratulierte.

„Ich habe ein kleines Geschenk für dich", sagte Juliette und überreichte Helene einen Umschlag.

„Das ist ein Empfehlungsschreiben an Monsieur Chamboise. Den übergibst du ihm und richtest liebe Grüße von mir aus."

Helene nahm den Umschlag entgegen und fragte:

„Wer ist das, Madame?"

„Das ist der Directeur der <École de la Chambre Syndicale de la Couture> in Paris, mein Kind", antwortete Juliette, und fügte noch hinzu:

„Ein feiner Mann und ein sehr lieber Freund."

Bertrand Chamboise und Juliette Moreau kannten sich schon seit vielen Jahren. Sie wären fast ein Paar geworden; aber der Krieg kam dazwischen.

Sie hatten sich aus den Augen verloren, und als sie sich wiedergefunden hatten, war Bertrand bereits verheiratet.

Juliette war damals zu Verwandten aufs Land geflüchtet. Sie hatte Bertrand einen Brief geschrieben, um ihm ihre Adresse mitzuteilen.

Der Brief hat Bertrand jedoch nie erreicht. Er hat noch lange versucht, Juliette zu finden; gab aber irgendwann die Suche auf, in der Befürchtung, dass Juliette wohl umgekommen wäre.

Umso größer war die Überraschung, als sich die beiden zufällig über den Weg liefen. Bertrand, der in Begleitung seiner Ehefrau war, stelle sie Juliette vor.

Es zerriss Juliette beinahe das Herz; aber sie ließ es sich nicht anmerken.

Auf die Frage, ob sie verheiratet wäre und Familie hätte, antwortete Juliette, *„dass es sich nicht ergeben hätte.“*

Obwohl das Schicksal Juliette und Bertrand einen üblen Streich gespielt hatte, von dem eine schmerzliche Narbe zurückgeblieben war, hinderte es die Beteiligten nicht daran, einen respektvollen, ja beinahe liebevollen Kontakt zu pflegen.

Das ging so weit, dass Juliette Taufpate der kleinen Annette wurde, die nur wenige Monate später das Licht der Welt erblickte.

Helene hielt den Brief von Juliette fest umklammert. Sie strahlte mit der Sonne um die Wette, und dann hielt es sie nicht mehr zurück.

Sie fiel Juliette um den Hals und gab ihr einen dicken Kuss auf die Wange.

„Vielen Dank, Madame“, stammelte sie, *„ich bin der glücklichste Mensch auf der Welt. Ich kann es noch gar nicht fassen, dass Sie das für mich getan haben.“*

Juliette wirkte fast ein wenig verlegen, als Helene sie umarmte. Sie hatte die junge Frau über die Jahre lieben gelernt. Helene hielt sie noch immer umklammert.

„Ist schon gut, Hélène“, sagte sie gerührt, *„du kannst mich wieder loslassen. Ich bekomme ja kaum noch Luft.“*

90

„Verzeihen Sie mein ungestümes Verhalten, Madame", erwiderte Helene und ließ von ihrer Gönnerin ab.

„Da gibt es nichts zu verzeihen, mein Kind", sagte Juliette, *„mach mir einfach keine Schande. Und hör auf, mich ständig <Madame> zu nennen; ich heiße Juliette."*

*****

Die „École de la Chambre Syndicale de la Couture" ist eine 1927 gegründete Modeschule und zählt zu einer der traditionellsten Modeschulen der Welt.

Als Helene den Brief von Juliette an den Directeur übergab, huschte ein Lächeln über sein Gesicht.

„Die gute, alte Juliette", sinnierte er leise vor sich hin, und als er seinen Kopf anhob und seinen Blick auf Helene richtete, betrachtete er diese lange und eindringlich.

„Vous devez être exceptionnelle, jeune femme d`Allemagne",[24] sagte er dann, und in seiner Stimme lag etwas, das Helene ein wenig beunruhigte.

---

[24] *Sie müssen außergewöhnlich sein, junge Dame aus Deutschland*

91

„*Oui, Monsieur*", antwortete Helene, wobei sie große Mühe hatte, ihrer Stimme Halt zu geben.

Monsieur Chamboise hatte es offensichtlich bemerkt, denn er fügte in beinahe akzentfreiem Deutsch hinzu:

„*Ich habe vor dem Krieg in Berlin an der Charité Medizin studiert. Und sehen Sie, was aus mir geworden ist.*"

Monsieur Chamboise lächelte, und dieses Lächeln wischte Helenes Bedenken mit einem Schlag hinfort. Ein Gefühl der Erleichterung nahm ihren Körper in Besitz und erfüllte ihn mit einer wohltuenden Wärme.

„*Wie geht es meiner Juliette?*", fragte Monsieur Chamboise, nachdem er Helene aufgefordert hatte, Platz zu nehmen.

„*Ist sie immer noch so streng zu ihren Schutzbefohlenen?*"

Helene war überrascht von der Wortwahl „Schutzbefohlene" und „meiner Juliette".

„*Das kann ich nicht beantworten, Monsieur Chamboise*", antwortete Helene, „*zu mir war sie immer sehr gut und ich habe ihr alles zu verdanken.*"

„*So, so, Mademoiselle Hélène*", erwiderte der Monsieur Chamboise schmunzelnd und sagte dann:

92

„Dann heiße ich Sie herzlich willkommen und hoffe, dass Sie nicht nur viel lernen werden bei uns, sondern auch, dass sie sich hier wohlfühlen werden. Und noch etwas, man nennt mich hier Monsieur le Directeur und nicht Monsieur Chamboise, n`est-ce pas?"

„Jawohl, Herr Direktor!"

Helene hätte sich am Liebsten die Zunge abgebissen. Der Satz hatte den Mund viel zu schnell verlassen und war nun leider nicht mehr zurückzuholen.

Monsieur le Directeur sah Helene über den Rand seiner Brille hinweg an, schüttelte ein wenig seinen Kopf und sagte dann:

„Ces Allemands; incroyable…"[25]

*****

Die „École de la Chambre Syndicale de la Couture" in der Rue Réaumur lag nicht allzu weit entfernt von der Rue Fresnel, dem Wohnhaus von Madame Jeanne Darrieux.

Sechs Minuten Fußweg zur Métro Station „Léna", zwölf Minuten Fahrt bis zur Station „Grands Boule-

---

[25] *Diese Deutschen; unglaublich…*

93

vards" und weitere sechs Minuten Fußweg bis zu Schule. Als alles in allem keine halbe Stunde.

Die beiden Mädchen verließen am Morgen gemeinsam das Haus und fuhren bis zur Station „Franklin D. Roosevelt" in derselben Métro.

Dann trennten sich jedoch ihre Wege. Francine ging weiterhin ihrem Studium der Malerei nach, das übrigens sehr gut verlief.

Sie erhielt sogar einmal den „Prix des Ais des Beaux-Arts", der am Ende jedes Studienjahrs verliehen wird.

Ein wenig schmerzte es Helene schon, als Francine mit dem Preis nach Hause kam. Und sie tat sich schwer, ein aufkommen wollendes Neidgefühl zu unterdrücken.

Wer weiß, vielleicht hätte sie ja auch irgendwann den Preis bekommen, wäre sie nicht der Schule verwiesen worden.

Das Ereignis wurde groß gefeiert, und das bedrohliche Neidgefühl ertränkte Helene in der dafür nötigen Menge Alkohol.

Die Harmonie zwischen ihr und Francine hielt bis zu dem Tag, als Antoine in ihrer beider Leben trat.

Antoine war ein Studienkollege von Francine. Sie hatten sich angefreundet, und irgendwann wurde Liebe daraus.

94

Die jungen Wilden trafen sich regelmäßig, um ihre mehr oder weniger qualifizierten Statements zur Verbesserung der Welt abzugeben, und um sich in Love and Peace zu versenken.

Es waren die wunderbaren Sechziger, Siebziger, alles war bunt, und man sang mit lauter Stimme ein Hosianna auf die freie Liebe.

So musste es wohl auch Helene verstanden haben.

Es war der 14. Juli, der Nationalfeiertag aller Franzosen. Der Tag, an dem 1789 eine kleine Stadttorburg gestürmt wurde, um die Französische Revolution zu starten. Später bekannt als „Sturm auf die Bastille."

Auch in diesem Jahr traf man sich bei einem der traditionellen „Bals des Pompiers"[26], um ausgiebig zu feiern.

Ausgerechnet an diesem so besonderen Tag war Francine unpässlich und konnte nicht teilnehmen. Ihr Freund Antoine hatte sich mit ihr solidarisch erklärt und wollte lieber bei seiner Liebsten bleiben, anstatt mit den anderen Freunden zu feiern, was Francine jedoch heftig ablehnte.

Und so nahm das Schicksal seinen Lauf. Helene und Antoine kamen sich in dieser Nacht näher, als es sich für echte Freunde geziemt. Und wieder einmal mehr zeigte es sich, welch flüchtig Ding doch die Liebe ist...

---

[26] *Feuerwehrbälle*

So sehr sich Antoine auch bemühte, die verhängnisvolle Nacht in seinen Gedanken ungeschehen zu machen und sich wieder mit jeder Faser seines Herzens Francine zu widmen; es gelang nicht wirklich.

Indes Helene hatte dieses Problem nicht. Die Erinnerung an die Liebesnacht mit Antoine trug sie wie eine Fahne vor sich her, wie die Eroberer ihre Fahnen bei der Stürmung der Bastille in vergangener Zeit.

Tante Jeanne blieb die Veränderung von Francine nicht verborgen, aber selbst wiederholtes Fragen, was in dem Kind vorgehen möge, brachte keine Erleuchtung.

Francine blieb stumm. Sie verbarrikadierte sich hinter ihrem Herzensschmerz, und als es gar nicht mehr ging, packte sie ihre Siebensachen und ging zurück in ihr Elternhaus.

Helene bedauerte dies der Tante gegenüber in den höchsten Tönen, frohlockte jedoch innerlich, denn sie hatte somit das bisher geteilte Zimmer ab sofort für sich ganz allein.

Eine Fortsetzung der Beziehung zwischen Helene und Antoine gab es nicht, zumal es keine wirkliche Beziehung war.

Antoine liebte Francine nach wie vor, und Helene hatte Antoine nicht eine Sekunde lang geliebt.

*****

Das Studium von Helene verlief äußerst erfolgreich. Das ging so weit, dass sie eine Empfehlung für das Modehaus „Yves et Yvette" bekam, um sich dort vorzustellen.

„Le Chef" persönlich empfing sie und sah sich eine Mappe mit Helenes Entwürfen an. Er betrachtete sie wieder und wieder und kam dann einer Bewertung, welche das Herz von Helene höherschlagen ließ.

„Wollen Sie für unser Haus arbeiten? "

Helene musste erst gar nicht lange überlegen. Ihr *„Oui, monsieur; avec le plus grand plaisir!"*[27] kam wie aus der Pistole geschossen.

Helenes Französisch war inzwischen salonfähig geworden, und sie fühlte sich in ihr schon wie zu Hause.

Schon am nächsten Morgen begann Helene ihre neue Tätigkeit aufzunehmen. Bei dieser Gelegenheit lernte sie auch Yvette kennen, die Junior-Partnerin von Yves.

Sie war außerdem die Partnerin von César, dem Sohn von Yves.

Anders als sein Vater interessierte sich César nicht so sehr für die Mode, dafür aber umso mehr für die Models, welche dieselbe auf dem Catwalk präsentierten.

---

[27] *Ja, mit dem größten Vergnügen*

Helene war überrascht, dass ein Mann mit dem Aussehen eines Habichts bei den Frauen so einen Schlag hatte.

Die Gemeinsamkeiten von César mit diesem Vogel bestanden in der Form ihrer gebogenen Nase und ihres ausgeprägten Jagdtriebs.

Letzteren bekam auch Helene sehr bald zu spüren. Der Modesprössling bemühte sich erst gar nicht, seine Avancen ihr gegenüber im Verborgenen durchzuführen.

Helene bekundete ihm gegenüber jedoch unmissverständlich, dass sie keinerlei Interesse daran habe, eine weitere Trophäe zu werden.

César war zutiefst gekränkt, hatte es doch bisher noch keine gewagt, ihn zurückzuweisen. Beleidigende und hasserfüllte Bemerkungen ihr gegenüber prallten an Helene ab wie Regentropfen auf einem Lotusblatt.

Yvette war dies nicht unbemerkt geblieben. Es tat ihrer Seele gut, und sie sah in Helene eine Verbündete, ja schon fast eine Freundin.

Es dauerte auch nicht sehr lange, und Yvette und Helene kamen sich bei einem Glas Champagner sehr nahe.

Das beinhaltete, außer dem angebotenen „DU", auch einen Kuss auf den Mund.

Helene, die im ersten Moment sehr erschrocken war, wurde urplötzlich von einem Gefühl heimgesucht, das sie veranlasste, Yvettes Kuss zu erwidern.

Es dauerte auch nicht lange, und Helene zog in die kleine Stadtwohnung von Yvette, was für sie die Eintrittskarte in die gehobenere Gesellschaft bedeutete.

César schäumte vor Wut, als er das erfuhr, und als Yvette von ihm ihren Wohnungsschlüssel zurückforderte.

Yves gab dieser Entwicklung seinen Segen, indem er sich bei dieser Angelegenheit völlig heraushielt.

Zum einen hatte er selbst ein Verhältnis mit einem jüngeren Mann, und zum anderen sah er in César den Versager, der niemals in seine Fußstapfen treten würde, und von dem er noch nicht einmal überzeugt war, dass er die Frucht seiner Lenden ist.

Und was seine Gattin, Madame Bernaise betraf, so hatte sie genug damit zu tun, von Party zu Party zu hüpfen und mit vollen Händen Geld auszugeben.

Helene genoss die bis dahin in ihr verborgene Seite ihrer Sexualität, was ihr nicht schwerfiel, war Yvette doch eine Sonderausgabe der Natur, was Körper, Geist und Seele angeht.

Helenes Leben schien einfach perfekt zu sein…

*****

99

Dass das Leben des Menschen seine eigenen Wege geht, widerfährt wohl einem jeden von uns. Und Helene erging es nicht anders.

Aristidis Padapoulus, ein griechischer Geschäftsmann, war regelmäßiger Gast bei den Modeschauen im Hause „Yves et Yvette".

Er begleitete seine voluminöse Ehefrau, die immer einen „Petit chien lion"[28] auf ihrem Schoß hielt, den sie unablässig zu streicheln pflegte.

Dieses als intelligent, verspielte und freundlich bezeichnete Schoßhündchen ist etwa so lang wie ein Lineal, wiegt zwischen 4 bis 6 Kilogramm, so es ein Weibchen ist, und gehört zu den teuersten Hunderassen auf der Welt.

Der kleine Löwe ist von französischer Provenienz und sein Erscheinungsbild geht von Schwarz, Creme, Schokoladenbraun, Blau bis hin zu Schwarz und Loh.

Achilles, so der Name des Hundes von Madame, hatte die Farbe Schwarzsilber.

Ihr Gatte hätte vom Aussehen her mit César verwandt sein können. Die Nase hatte eine ähnliche Form, nur dass der Grieche eine Brille mit sehr vielen Dioptrien trug.

War es seine Ausstrahlung als Mann oder sein unverschämtes Vermögen, wie auch immer. Helene

---

[28] *Löwchen*

100

erlag den Bemühungen des Griechen um ihre Person, und schon bald zog sie aus der teuren Wohnung von Yvette in eine noch teurere Wohnung, welche ihr von Aristidis eingerichtet und zur Verfügung gestellt wurde.

Und im Grundbuch von Paris stand als Eigentümerin: Helene, Geliebte des Aristidis Padapoulus.

Zu all den Annehmlichkeiten kamen noch kostbare Geschmeide und Parties auf der Privatjacht ihres Gönners.

Das alles geschah im Licht der Öffentlichkeit und mit vollem Wissen von Helena Padapoulus, der Gattin von Ari, wie er inzwischen von Helene liebevoll genannt wurde.

Pikantes Detail am Rande war der gleiche Vorname, den Gattin und Geliebte trugen, nur dass Ari Helene „Angela" nannte, was im griechischen „Engel" bedeutet. Bemerkenswert war auch das Verhalten von „Yves et Yvette".

Nicht nur, dass Helene weiterhin in ihrem Haus tätig war, wenn auch nicht in der zeitlichen Intensität, wie davor, wurde sie auch mit Glacéhandschuhen angefasst, denn man wollte die honorige und werbewirksame Kundschaft um nichts in der Welt vergraulen.

*****

Für Helene hatte ein Leben im Partymodus begonnen, das sichtbare Spuren bei ihr hinterließ. Alkohol, Joints und wenig Schlaf forderten ihren Tribut.

Es waren Nabobs, Künstler und Escort Damen, welche sich auf irgendeiner Yacht zusammenfanden, meist außerhalb der Dreimeilenzone, um der Gesetzbarkeit des Küstenlandes zu entgehen.

Yves, der Chef des Modehauses war einer der immer wiederkehrenden Partylöwen, einer von denen, die auch vor dem „weißen Zauberpulver" nicht zurückschreckten.

Helene und Ari verweigerten den Konsum von Kokain, wobei Ari noch nicht einmal zu einem Joint griff.

Helene war überrascht, dass César nie zu den Parties kam. Ihn hätte sie noch eher erwartet als seinen Vater.

Yves war wie verwandelt, wenn er eine oder mehrere Linien in seine Nase aufgesogen hatte. In seiner Begleitung war meist ein schöner Jüngling, mit dem er irgendwann in einer der Räumlichkeiten verschwand, um seiner Neigung zu frönen.

Er hat in all den Begegnungen niemals Helene angesprochen. Ein kurzes Kopfnicken, und das war es auch schon.

*****

„Ich bin schwanger."

Die Frohe Botschaft traf Aristidis Padapoulus wie ein Keulenschlag.

„Dann lass es wegmachen!"

Diese Worte waren keine Bitte, sondern ein Befehl und verletzten Helene. Nicht, dass sie selbst schon mit dem Gedanken gespielt hätte; aber die rüde Art, wie Ari mit der Botschaft umging, rief bei ihr Wut und Enttäuschung hervor.

Und als er dann noch einen draufsetzte und fragte: *„Wer ist der Vater?"*, stellte sich bei Helene ein unbändiges Gefühl des Trotzes und der Rache ein.

„Du bist beleidigend und geschmacklos."

Helene hatte Ari die Worte wie einen Fehdehandschuh vor die Füße geworfen.

„Ich werde das Kind auf gar keinen Fall wegmachen lassen."

Aristidis Padapoulus ging einen Schritt auf Helene zu und baute sich bedrohlich vor ihr auf. Bei seiner eher geringeren Körpergröße wirkte es jedoch eher lächerlich, denn bedrohlich.

Seine Atmung klang beschleunigt und die Adern auf seiner Stirn drängten nach draußen.

„Ist das dein Ernst?", fragte er Helene provokativ und lächelte dabei.

„Du siehst aus wie ein altersschwacher Hahn, der gleich tot umfällt."

Ari holte aus und gab Helene eine schallende Ohrfeige.

„Du undankbares Miststück", brüllte er laut, *„ich werde dich vernichten."*

Helene hielt sich die schmerzende Wange. Sie unterdrückte ihre Tränen, denn diesen Triumph wollte sie Ari auf gar keinen Fall gönnen.

„Das wird dir noch leidtun", sagte sie und verließ den Raum.

In diesem Augenblick schwor Helene, dass sie sich nie wieder auf einen Mann einlassen würde. Einen One-Night-Stand gelegentlich, den schloss sie nicht aus, wohl aber eine weiterführende Beziehung.

*****

Als Helene die Kanzlei von „Bernard et Blanc" betrat, verspürte sie ein Gefühl der Macht und der Genugtuung.

Die Anwaltskanzlei „Bernard et Blanc" hatte sie um ein Gespräch gebeten, *„um persönliche Dinge zwischen ihr und Aristidis Padapoulus"* zu regeln.

Ari war schon anwesend, als Helene den Raum betrat. Außer ihm waren noch Maître Bernard und eine Schreibkraft zugegen.

Helene nahm Platz und entnahm ihrer Tasche ein Kuvert. Sie legte es genüsslich auf den Tisch.

„Hier ist eine amtliche Bestätigung, dass der hier anwesende Herr Aristidis Padapoulus Vater meines ungeborenen Kindes ist."

Maître Bernard nahm das Kuvert und entnahm ihm das Dokument, und noch während er es studierte, sagte er:

„Vielen Dank, Madame; aber das wäre nicht nötig gewesen. Monsieur Padapoulus hat die Vaterschaft zu keinem Zeitpunkt angezweifelt."

„Ich kann mir nicht vorstellen, dass sich in diesem Raum auch nur eine Person befindet, die diese Lüge glaubt", erwiderte Helene.

„Was glaubst du eigentlich, wer du bist?", schrie Ari. Er war aufgesprungen und drohte sich auf Helene zu stürzen. Sein Kopf hatte sich dunkelrot verfärbt.

„Pass auf deinen Blutdruck auf, Ari", sagte Helene, die sich völlig unbeeindruckt zeigte, *„sonst fällst du noch tot um, bevor wir das hier geklärt haben."*

Ihr war schon bewusst, noch bevor sie den Raum betreten hatte, dass es sich bei dem Treffen um eine außergerichtliche Vereinbarung handeln würde.

„Ich bitte Sie, meine Herrschaften", startete der Maître einen Beschwichtigungsversuch, *„wir sind doch alle zivilisierte Menschen."*

Aristidis Padapoulus starrte Helene wütend an, die Fäuste geballt, und zögerte einen Augenblick. Dann setzte er sich wieder nieder.

„Lassen Sie uns einfach zur Sache kommen und die Angelegenheit zu Ende bringen", sagte der Maître und schob Helene ein Schriftstück zu.

„Das ist eine Vereinbarung zwischen Ihnen und Monsieur Padapoulus. Lesen Sie das in Ruhe durch, und wenn Sie damit einverstanden sind, dann unterzeichnen Sie bitte.

Sollte Ihnen etwas unklar sein oder wenn Sie Fragen dazu haben, dann fragen Sie mich ganz einfach."

Helene begann das Schriftstück sorgfältig zu lesen.

Es besagte, dass für das zu gebärende Kind ein Treuhandkonto eingerichtet wird, über welches das Kind mit Erreichen der Volljährigkeit verfügen könne.

Über die alljährlich anfallenden Zinsen für dieses Konto hätte die Mutter des Kindes Verfügungsgewalt.

Anfallende Kosten für die Erziehung und die schulische Ausbildung wären ebenfalls aus dem Konto zu entnehmen.

Die Mutter des Kindes müsse beim Standesamt beim Eintrag für die Vaterschaft „unbekannt" eintragen lassen.

Ferner verpflichte sich die Mutter, weder dem Kind gegenüber noch irgendeiner anderen Person je den Namen des Erzeugers bekannt zu geben.

Ansonsten würde das Treuhandkonto vom Einrichter desselben aufgelöst werden und für die Mutter würde eine Vertragsstrafe in der benannten Höhe fällig werden.

Der Kontakt mit Aristidis Padapoulus habe für Helene ab dem Zeitpunkt der Unterzeichnung unwiderruflich zu unterbleiben, ebenso wie abfällige oder beleidigende Bemerkung in Wort und Schrift ihm oder seiner Familie gegenüber.

Als Helene das Dokument zu Ende gelesen hatte, blickte sie zu Ari. Er saß wie versteinert da. Als sich ihre Blicke trafen, sagte er:

„Die Höhe der Summe ist nicht verhandelbar."

Helene lächelte. Die Summe war siebenstellig. Diese Großzügigkeit überraschte sie nicht wirklich. Während ihrer gemeinsamen Zeit hatte sich Ari ihr gegenüber immer mehr als großzügig gezeigt.

Und doch, eine solch hohe Summe hätte sie nicht erwartet. Es tat ihr fast ein wenig leid, dass alles so gekommen war.

Vielleicht hatte sich Ari nur irgendwelchen geschäftlichen oder gesellschaftlich Zwängen beugen müssen.

Was Helene nicht wissen konnte, war die Tatsache, dass das Vermögen, welches sich hinter Aris Geschäften verbarg, von seiner Ehefrau stammte.

Sie war es, die ihm die Pistole auf die Brust gesetzt hatte, als sie von den bevorstehenden Vaterfreuden ihres Gatten erfuhr.

„Haben Sie noch irgendwelche Fragen, Madame?"

Der Maître war in Helenes Gedanken gedrungen.

„Nein", antwortete Helene, *„es ist alles in Ordnung. Ich danke Monsieur Padapoulus für seine Großzügigkeit."*

Dann unterzeichnete Helene das Dokument. Danach stand sie auf, ging zu Ari und reichte ihm die Hand. Ari ergriff sie und drückte sie fest. Und während sich seine Augen mit Tränen füllten, sagte er:

„Gib bitte gut acht auf unser Kind!"

*****

War Helene zu Beginn ihrer Liaison mit Ari noch sporadisch zu Jeanne gegangen, so hatte sie ihre Besuche nach wenigen Wochen eingestellt.

Sie hätte nie gedacht, dass sie das einmal bereuen würde. Nun stand sie vor den Trümmern ihres Lebens, und alles Geld, der viele Schmuck und die tolle Wohnung vermochten ihr das Gefühl ihrer seelischen Einsamkeit nicht zu nehmen.

Sie stand vor dem Spiegel ihres Badezimmers und sah sich selber ins Gesicht. Wo früher Eleganz, Stolz und Überheblichkeit ihr entgegenblickten, war jetzt nur noch Leere.

Helene spürte eine unmäßige Wut in sich aufsteigen. Sie spuckte auf ihr Spiegelbild und schrie laut:

„Ich hasse dich, Hélène!"

Sie hatte bewusst Hélène gesagt, denn die Helene von früher gab es schon lange nicht mehr.

Dann sank sie zu Boden. Tränen rannen ihr über das Gesicht. Es waren Tränen der Verzweiflung und der Hoffnungslosigkeit.

Sie dachte an das Zimmer, in dem sie früher bei Jeanne gewohnt hatte, und sie wünschte sich sehnlichst, sie könnte dorthin zurückkehren.

*****

Helenes Schwangerschaft war inzwischen nicht mehr zu übersehen.

Als sie an der Haustür von Jeanne auf den Klingelknopf drückte, begann ihr Herz wie wild zu schlagen. Sie besaß zwar noch immer den Haustürschlüssel, hatte jedoch nicht den Mut, ihn zu benützen.

Helene war sich nicht sicher, wie Jeanne auf ihren Besuch reagieren würde, und zudem betrachtete sie es als ein Zeichen des Respekts, dass sie anläutete und sich nicht selber die Tür aufsperrte.

Als Jeanne die Tür geöffnet hatte, begann Helene am ganzen Körper zu zittern.

Jeanne erkannte augenblicklich Helenes Zustand.

„Bonjour, vous deux", sagte Jeanne im Hinblick auf Helenes kleines Bäuchlein, *„schön, dass ihr mich besuchen kommt."*

Jetzt hielt es Helene nicht mehr zurück. Unter Tränen stammelte sie:

„Es tut mir so leid, Maman Jeanne; es tut mir alles so leid..."

Jeanne ging auf das Bündel Elend zu, das vor ihr stand und antwortete:

„Komm erst einmal herein, ma petit poupée. Und dann erzählst du mir alles."

110

Helene nickte und folgte Jeanne ins Hausinnere.

Jeanne führte Helene in ihr altes Zimmer, das seit ihrem Weggang unverändert geblieben war.

„Darf ich wieder bei dir wohnen?", fragte Helene zaghaft, worauf Jeanne antwortete:

„Bien sûr, das wird immer dein Zuhause sein."

Helene umarmte Jeanne und sagte:

„Ich bin so froh, Maman Jeanne, und ich danke dir so sehr!"

Jeanne war berührt von Helenes Verhalten. Es war ganz anders als jenes zu der Zeit, als Helene sie verlassen hatte. Sie wirkte nicht mehr so robust und über allem stehend. Helene war viel weicher geworden, und das gefiel Jeanne.

„Ich mache uns erst einmal einen Kaffee und dann reden wir. Ich bin sicher, da gibt es einiges zu erzählen."

„Oh, ja,", erwiderte Helene, und sie fühlte, wie die Angst aus ihrem Herzen wich, und an ihre Stelle ein Gefühl der Geborgenheit trat.

Helene war wieder zu Hause…

*****

Die Schwangerschaft verlief ohne nennenswerte Probleme, wenn man von der morgendlichen Übelkeit einmal absieht. Helene arbeitete bis kurz vor der Geburt. Es war, als würde sie die bevorstehende Mutterschaft beflügeln.

Ihre Entwürfe wurden immer besser und vollkommener. Selbst wenn Yves sie hätte entlassen wollen, was ja de facto nicht gegangen wäre, weil sie zu viel von ihm wusste, hätte er das nicht getan.

Er schwärmte geradezu von ihrer Arbeit, und selbst Yvette konnte nicht umhin, sich dem anzuschließen.

Die Geburt verlief ebenfalls problemlos. Jeanne begleitete Helene bis in den Kreißsaal und hielt ihre Hand.

Und dann war das Kind da. Eine wunderhübsche, kleine Prinzessin mit großen, dunklen Augen.

Als Helene gefragt wurde, auf welchen Namen das Kind hören sollte, antwortete Helene:

„Ariadne, Helena, Jeanne.“

Während Jeanne sich geehrt fühlte, als sie hörte, dass ihr Name auch Teil des Neugeborenen sein würde, freute sich Helene diebisch darüber, dass im Namen „Ariadne“ auch der Name des Erzeugers versteckt war.

*****

112

Das halbgriechische Kind stellte vom ersten Atemzug unmissverständlich klar, wer der Chef im Ring war.

Die erste Machtdemonstration bestand darin, den für sie verantwortlichen Erwachsenen, das waren ihre Mutter Helene und Oma Jeanne, die Nachtruhe mehrmals zu unterbrechen.

Als das liebe Kind im Bereich fester Nahrungsaufnahme angelangt war, beschwerte es sich täglich über das Menü, indem sie das noch nicht hinuntergeschluckte Essen postwendend wieder zurückgab.

Helene betraf diese Unbill nur peripher, denn die meiste Zeit des Tages verbrachte sie an ihrem Arbeitsplatz.

Oma Jeanne ließ das Martyrium geduldig über sich ergehen, jedoch nur so lang, bis die Einschulung von Ariadne, Helena, Jeanne bevorstand.

„Wir müssen ein ernstes Gespräch führen, ma petite poupée."

Dieser Satz war der Beginn einer massiven Veränderung im Leben von Helene Marschal.

Im Verlauf dieses Gesprächs erfuhr Helene all das, was Oma Jeanne über die letzten Jahre hinuntergeschluckt hatte, in der vagen Hoffnung auf Veränderung.

„Das sind die Gene vom griechischen Habicht."

113

Diese sehr wahrscheinlich zutreffende Analyse über das Verhalten einer bald Sechsjährigen empfand Helene als äußerst befreiend, auch wenn es sich ein wenig hassdurchzogen anhörte.

Selbst wenn man die kleine Ariadne, Helena, Jeanne mit etwas Wohlwollen als Kind der Liebe hätte bezeichnen wollen, ein liebenswertes Kind war sie ganz sicher nicht.

Hinzu kam ihr Äußeres. Man mag mir verzeihen, aber die griechischen Frauen der Neuzeit haben nur wenig gemeinsam mit den Bildern von den anmutigen Geschöpfen aus der Antike.

„Ich weiß nicht, wie es weitergehen soll, ma petite poupée", schloss Jeanne ihren ausführlichen Bericht, *„aber ich lege mit sofortiger Wirkung mein Amt als Gouvernante nieder."*

Die beiden Frauen sahen sich lange an. Helene war überrascht, dass ihr Kind an diesem Abend so friedlich in seinem Bettchen weilte.

Normalerweise wäre Ariadne, Helena, Jeanne schon mehrmals aus ihrem Zimmer gekommen, um ein Getränk zu ordern oder zu verlangen, man möge ihr etwas vorlesen. Heut war es jedoch nicht so.

„Komisch...", sinnierte Helene.

„Was ist komisch?", hinterfrage Jeanne.

114

„Ari – Helene nannte ihr Kind bisweilen so – ist noch nicht ein einziges Mal herausgekommen."

„Nun, das liegt daran, dass ich im Hinblick auf unser Gespräch mit unserem kleinen Schatz sehr lange spazieren gegangen bin."

Helene wurde stutzig. Die Bezeichnung „Kleiner Schatz" passte ebenso wenig zu Ari, wie ein langer Spaziergang.

„Das wird wohl der Grund sein", erwiderte Helene, denn sie hätte sich niemals getraut, die Worte von Maman Jeanne infrage zu stellen.

Natürlich entsprach die Schilderung von Jeanne nicht ganz den Tatsachen.

Jeanne hatte dem Kind ein Stück Würfelzucker, getränkt mit ein paar Tropfen Baldrian, verabreicht und es dann in eine sehr warme Badewanne gesetzt.

Als Jeanne dem Kind ein zweites Stück Würfelzucker zur Konsumation antrug, wehrte es sich anfänglich, lenkte aber ein, als Oma Jeanne für den nächsten Tag einen Zoobesuch mit anschließendem Eis essen in Aussicht stellte.

Über diese außergewöhnliche Maßnahme kann man geteilter Ansicht sein; aber manchmal heiligt der Zweck die Mittel.

*****

„Maël" ist ein Name keltischen Ursprungs und bedeutete „der Prinz", „der Herr", und ist in der Modewelt ein Begriff.

Dahinter steht ein exaltierter, in Europa führender Modeschöpfer mit bürgerlichem Namen Urs Keller, der in Lausanne über ein Imperium verfügt.

Die Kleidung, die er zu tragen pflegt, ist stets extraordinär und verbreitet deutlich den Anspruch, wie ein Prinz auszusehen.

Helene hatte ihn bei einer seiner vielen Modeschauen kennengelernt. Er hatte ihr damals ein Angebot gemacht, in seine Firma zu kommen, um die Stelle einer Chefdesignerin zu übernehmen.

Helene hatte sich inzwischen einen Ruf in der Branche gemacht, der offenbar schon bis nach Lausanne vorgedrungen war.

Der Posten war zwar reizvoll und außergewöhnlich hoch dotiert, aber Helene war damals nicht bereit, zu wechseln.

Aber jetzt, in Anbetracht der Schwierigkeiten, welche die kleine Halbgriechin ihr und vor allem Jeanne bereitete, sah sie das Angebot aus einem anderen Blickwinkel.

Sie kontaktierte den outrierten Modefürsten, um ihn zu fragen, ob sein Angebot noch Gültigkeit hätte.

„Mit Handkuss, ma chère", kam die unerwartete Antwort ihres künftigen Arbeitgebers, und schon nach kurzer Zeit fand die Übersiedlung von Paris nach Lausanne statt.

Und so sehr sich auch die kleine Halbgriechin wehrte, zum ersten Mal unterlag sie der Erwachsenenwelt, welche bereits den Weg in die Verdammnis für Ariadne, Helena, Jeanne vorbereitet hatte.

Das „Collège & Lycée Saint - Bernard" in Lausanne wartete schon sehnsüchtig auf einen kleinen Wildfang, um aus ihm ein wohlerzogenes, junges Fräulein zu formen.

Der Abschied von einigen wenigen, ihr wohlgesonnenen Kolleginnen, fiel Helene schwerer, als sie gedacht hatte. Anders hingegen verlief der Abschied von der Firmenleitung.

Yves war froh darüber, die personifizierte Bedrohung nicht mehr täglich sehen zu müssen, und das Zeugnis, welches er Helene ausstellte, triefte vor Bewunderung für eine außergewöhnliche Mitarbeiterin.

Und Yvette war traurig, denn sie liebte Helene nach wie vor.

Am schwersten fiel Helene jedoch der Abschied von Jeanne. Sie umarmten sich weinend, und sie versprachen einander in ständigen Kontakt zu bleiben.

*****

Die Anmeldung der kleinen Halbgriechin im „Collège & Lycée Saint - Bernard" war ein ganz besonderes Ereignis.

Ariadne, Helena, Jeannes Verhalten glich dem einer stolzen Griechin aus der Antike. Sie schritt erhobenen Hauptes in das Zimmer der Direktorin, als ginge sie zum Schafott, obwohl es in ihr brodelte wie in einem Vulkan.

Sie hatte bis zur letzten Minute versucht, Helene davon abzubringen, sie in dieses Internat zu stecken. Sie hatte alle ihr zur Verfügung stehenden Mitteln ausgeschöpft, sie hatte geweint, geschrien, Gegenstände geworfen; aber alles ohne Erfolg.

Helene blieb standhaft.

„Du hast Oma Jeanne dermaßen schlecht behandelt, obwohl sie alles für dich getan hat. Du bist selber schuld daran, dass ich zu dieser Maßnahme greifen musste."

Der Kommentar der kleinen Griechin auf die Worte ihrer Mutter bestand nur aus drei Worten:

„Ich hasse dich!"

Nachdem die Formalitäten in der Schule erledigt waren, und Ari sich von Helene nur verabschiedete, weil die Leiterin der Schule ihr das mit scharfem Ton nahegelegt hatte, ging Helene erleichtert von dannen.

118

Was hier aussehen mag, wie das herzlose Verhalten einer Mutter ihrer Schutzbefohlenen gegenüber, täuscht gewaltig.

Ariadne, Helena, Jeanne war ein rechter Satansbraten, egoistisch, unbeherrscht und absolut beratungs- und erziehungsresistent.

Da half nur noch ein Internat mit gut ausgebildetem Personal, das zwar nicht im geistlichen Gewande lehrte, handelte es sich doch bei dem Gebäude um die ehemalige Residenz der Kanoniker, [29]aber im strengen Geist derselben agierte.

*****

Der Empfang bei „Maël" war ebenfalls ein besonderes Ereignis; aber im Gegensatz zu der Anmeldung von Ari im Internat ein höchst erfreuliches.

Der „Prinz" höchst persönlich begrüßte Helene und überschüttete sie förmlich mit Lobeshymnen.

„Sie sind der Edelstein, der mir in meiner Krone noch gefehlt hat. Ich kenne alle Ihr Entwürfe."

---

[29] **Kanoniker**, *auch Stiftsherren oder Chorherren genannt, sind Kleriker aller Weihestufen der römisch-katholischen bzw. anglikanischen Kirche.*

Diese blumigen Worte machten Helene zunächst einmal sprachlos. Da stand gerade eine Legende der Modewelt vor ihr und machte ihr dieses exorbitante Kompliment.

Als sie den Meister genauer betrachtete und seine stark erweiterten Pupillen sah, relativierten sich die gerade gehörten Worte ein wenig.

„Ich habe keine passenden Worte, um mich für die Ehre und das Vertrauen zu bedanken, dass ich mein bescheidenes Wissen und Können Ihnen zur Verfügung stellen darf."

Helene konnte nicht umhin, sich dem gehobenen Sprachduktus ihres künftigen Chefs anzupassen, was dahin führte, dass die anderen anwesenden Personen in größte Sprachlosigkeit verfielen.

Noch nie zuvor hatte es ein menschliches Wesen gewagt, derart mit dem Meister zu sprechen, zumal eine gewisses *„tourner quelqu'un en ridicule"*[30] kaum zu übersehen war.

Der Meister sah Helene kurz an, ging dann auf sie zu, packte sie mit beiden Armen an den Schultern und küsste sie auf beide Wangen.

„Bienvenue, ma chère Hélène et bonne coopération!"[31]

---

[30] *Jemanden der Lächerlichkeit preisgeben*
[31] *Willkommen, meine liebe Helene und auf gute Zusammenarbeit*

Damit hatte das Abenteuer „Lausanne" begonnen, das noch einige weitere Überraschungen für Helene bereithalten sollte.

*****

„Le Coq"[32] war der Spitzname für Matteo Zuccolini, dem ihn seine Malerkollegen gegeben hatten.

Es geschah wohl in Anlehnung an den alten Meister Vincent van Gogh, weil sich Coq und Gogh phonetisch sehr nahekamen.

Seine Art zu malen glich jedoch eher einem Salvador Dali, als einem alten Meister. Matteo hatte sich ebenso dem Surrealismus verschrieben, jedoch diese Kunst noch massiv überhöht.

Es war erstaunlich, dass sich dafür Interessenten gefunden hatten, die auch bereit waren, gutes Geld dafür zu investieren.

Als Helene ihm zum ersten Mal begegnete, war sie von seinem Erscheinungsbild überrascht. Sie hatte ein extravagantes Styling erwartet, was jedoch nicht zutraf.

Einzig sein Gebaren wies darauf hin, dass italienisches Blut in seinen Adern floss.

---

[32] Der Hahn

„Matteo, mein Freund, darf ich dir die weltbeste Designerin der Welt vorstellen? Das ist Hélène."

Maël hatte Helene mit zu einer Vernissage von Matteo Zuccolini mitgenommen.

Matteos schwarze Augen durchbohrten Helene förmlich. Sie waren Teil eines perfekten Körpers. Schwarze, schulterlange Haare, ein schmaler Moustache,[33] wie ihn einst Clark Gable zierte, Grübchen in den Wangen und ein umwerfendes Lächeln.

Er ergriff die Hand von Helene, ohne den Blick von ihr zu abzuwenden, hielt sie eine Weile und gab ihr dann einen vollendeten Handkuss.

„Sie sind meine Göttin; ich habe Sie schon erwartet."

Helene war wie gelähmt. Was sie in diesem Augenblick nicht wusste, war, woher dieser Satz stammte.

Er war nämlich Diebesgut.

Salvador Dali hatte diesen Satz zu einer Dame namens Gala gesagt, als er ihr begegnete. Sie stand für eine Vielzahl Bilder für ihn Modell und 1934 hat er sie geheiratet.

---

[33] Schnurrbart

122

Helene war noch immer wie gelähmt. Matteo hielt nach wie vor ihre Hand fest, und es dauerte noch eine gefühlte Ewigkeit, bis er sie endlich wieder losließ.

„Wir gehen nachher noch ins „Chez Ninette", und ihr kommt natürlich alle mit."

Diese Worte waren eher ein Befehl als eine Einladung, was Helene ein wenig ärgerlich stimmte. Aber eben nur ein wenig und nicht genügend, um eine Absage auszusprechen.

„Sehr gern, Matteo."

„Was war das denn?", schoss es Helene durch den Kopf, *„habe ich das gerade eben wirklich gesagt?"*

„Das freut mich, meine Göttin", erwiderte Matteo und entfernte sich mit einem bedeutungsvollen Augenzwinkern.

Im „Chez Ninette" war schon alles hergerichtet für ein rauschendes Fest. Champagner floss ins Strömen und die Stimmung war unbeschreiblich.

Maël hatte sich schon sehr bald verabschiedet, indessen Helene war geblieben.

Und noch in derselben Nacht wurde sie die Göttin von „Le Coq", dem Maler mit italienischen Wurzeln.

*****

123

Helene hatte sich nach langer Zeit wieder einmal aufgerafft, ihre Tochter im Internat zu besuchen. Bisher hatte sie die viele Arbeit bei Maël als willkommene Ausrede benützt, den Besuch so lange hinauszuschieben.

Ein beklemmendes Gefühl beschlich Helene, als sie das Büro der Direktorin betrat. Es lag wohl daran, dass Helene Angst davor hatte, was sie gleich über das Verhalten der kleinen Halbgriechin erfahren würde.

Die letzten Jahre ging Helene nur dann in das Internat, wenn eine der Lehrkräfte sie um ihren Besuch gebeten hatte.

Der Grund dafür war jedes Mal wieder derselbe: „Insubordination".

Obwohl dieser Begriff heutzutage nur noch beim Militär gebräuchlich ist, passte er doch allzu gut zu der Institution, welche der inzwischen recht groß gewachsenen Halbgriechin täglich den Kampf ansagte.

Dieses Mal sollte es jedoch ganz anders verlaufen. Helene besuchte die Direktorin des Internats.

„Grüß Gott, Madame Marschal, bitte nehmen Sie Platz. Ich werde Ariadne sogleich rufen lassen."

Die Direktorin nahm das Telefon, um das Nötige zu veranlassen.

„Wie geht es mit Ariadne?", fragte Helene.

124

Die Direktorin sah Helene verwundert an, weil sie die Art der Fragestellung anscheinend verwirrte.

„Wie meinen Sie das, Madame?", fragte die Direktorin vorsichtig nach.

Bevor Helene ihre Frage spezifizieren konnte, klopfte es an der Tür und Ariadne, Helena, Jeanne trat ein.

Sie blieb kurz stehen, machte zuerst einen Knicks in Richtung Direktorin und dann in Richtung Helene.

„Begrüße bitte deine Maman", forderte die Direktorin Ariadne auf, worauf diese zu Helene hinging und ihr einen Kuss auf die Wange hauchte, begleitet von den Worten:

„Bonjour, chère Maman!"

Helene wollte schon entrüstet rufen *„das muss eine Verwechslung sein; das ist nicht meine Tochter"*, als sie die Direktorin sagen hörte:

„Geh bitte wieder hinaus und warte dort."

Ariadne, Helena, Jeanne machte erneut wieder einen Knicks in Richtung der beiden Frauen und mit den Worten *„Oui, Madame la Direktrice"* verließ Ariadne den Raum.

Helenes Gesicht spiegelte das volle Entsetzen wider über das, was sie gerade erlebte.

„Ist Ihnen nicht wohl, Madame?"

„Doch, doch", antwortete Helene, *„vielen Dank. Es geht schon wieder. Mein Kreislauf spielt nur manchmal etwas verrückt."*

„Soll ich Ihnen ein Glas Wasser holen?", fragte die Direktorin, worauf Helene antwortete:

„Etwas Stärkeres wäre mir lieber."

Zur großen Überraschung von Helene öffnete die Direktorin eine Tür an ihrem Schreibtisch, entnahm ihm zwei Gläser und eine Flasche Cognac.

Sie goss das kostbare Nass in die Gläser, schob ein Glas Helene hin und sagte;

„Tchin-tchin, Madame!", anstelle des gebräuchlicheren *„Santé!"*, was Helene in hohem Maße erstaunte.

Nachdem Helene einen ordentlichen Schluck genommen hatte, betrachtete sie die Direktorin daraufhin etwas genauer. Ihr fiel auf, dass die Leiterin des Internats nicht nur relativ jung war für dieses Amt, sondern auch äußerst modern gekleidet.

„Sie scheinen ein wenig überrascht, Madame", sagte die Direktorin, *„darf ich Sie nach dem Grund dafür fragen?"*

Helenes Verunsicherung wuchs. Sie zuckte hilflos mit den Schultern.

126

„Der Cognac, mein Benehmen, ist es das? "

Mit dieser Frage fühlte sich Helene ertappt wie ein kleines Schulmädchen.

„Ich weiß, wer Sie sind und was Sie machen", fuhr die Direktorin fort, *„und ich bewundere Sie. "*

„Sie bewundern mich? ", fragte Helene erstaunt.

„Oui, Madame", antwortete die Direktorin und goss erneut Cognac in die leeren Gläser.

Die beiden Frauen prosteten sich wieder zu, begleitet von einem wohlgesinnten Lächeln, und mit jedem weiteren Schluck kamen sich die beiden Frauen ein Stück näher.

„Ich heiße Hélène", sagte Helene, worauf die Direktorin spontan antwortete:

„Und ich heiße Marie-Louise. "

Als die beiden Frauen aufstanden, um sich auf ihre Wangen zu küssen, begann sich der Raum mit Elektrizität aufzuladen.

„Nun wird es aber Zeit für mich zu gehen", sagte Helene, legte noch eilig ihre Visitenkarte auf Marie-Louises Schreibtisch und schickte sich an, den Raum zu verlassen.

Bevor sie die Tür hinter sich zuzog, steckte sie noch einmal kurz ihren Kopf herein und sagte:

„Ruf mich an, wenn du möchtest."

„Das mache ich ganz bestimmt", hörte Helene schon nicht mehr. In ihrem Kopf schwirrte es herum wie in einem Bienenstock.

Vor der Tür wartete die kleine Griechin.

„Lass uns im Park ein wenig spazieren gehen", sagte Helene, deren Herz noch immer wild pochte, *„und dann kannst du mir erzählen, wie es dir geht."*

„Das kannst du dir sonst wohin schieben", kam die Antwort von Ariadne, Helena, Jeanne, die Helene gerade eindrucksvoll vermittelte, dass der Auftritt der kleinen Griechin von vorhin nur Fassade war.

Der Krieg zwischen Mutter und Tochter hatte nur einen Scheinfrieden vorgegaukelt. Er ging ab sofort weiter wie bisher, und er sollte heftiger werden als je zuvor.

*****

Marie-Louise hatte Helene noch am selben Abend angerufen.

„Guten Abend, Hélène, ich musste dich einfach anrufen, und ich hoffe, du bist mir deshalb nicht böse."

„*Aber nein*", antwortete Helene, die sogar sehr froh darüber war, dass sich Marie-Louise gemeldet hatte.

„*Wirklich nicht?*", fragte Marie-Louise leicht verunsichert, „*deine Stimme klingt irgendwie traurig.*"

„*Das hat nichts mit dir zu tun*", erwiderte Helene.

Es folgte eine Weile Schweigen, bis Marie-Louise fragte:

„*Soll ich zu dir kommen?*"

„*Das wäre wunderbar*", antwortete Helene, „*aber nur, wenn es dir nichts ausmacht.*"

„*Mais non*", sagte Marie-Louise, „*ich werde mich sogleich auf den Weg machen.*"

„*Ich danke dir*", erwiderte Helene, „*und bitte fahr vorsichtig.*"

„*Das mache ich*", sagte Marie-Louise, „*à bientôt!*"

Als Helene wenig später zur Tür ging, um ihrer Besucherin zu öffnen, hatte sie noch immer ihren Morgenrock an.

Helene hatte kurz überlegt, sich etwas anzuziehen, denn als Marie-Louise bei ihr anrief, hatte sie es sich mit einer Flasche Rotwein bequem gemacht.

Die beiden Frauen küssten sich auf die Wange.

„Entschuldige, dass ich nicht angezogen bin", sagte Helene, *„aber ich wollte gerade zu Bett gehen, als du angerufen hast."*

Marie-Louise sah die Rotweinflasche und das Glas auf dem kleinen Tisch bei der Couch und lächelte Helene an.

„Touché",[34] sagte Helene und zuckte mit der Schulter.

C'est bon", erwiderte Marie-Louise und fügte hinzu :

„Schenkst du mir auch ein Glas ein?"

Helene holte ein Glas und goss ein.

Marie-Louise hatte inzwischen ihren Mantel ausgezogen und auf der Couch Platz genommen. Sie trug einen auberginefarbenen Hausanzug.

Der darunter gut zu erkennende Busen zog Helenes Blick wie magisch an. Sie musste an Yvette denken, an die Frau, die sie in die Liebe zwischen zwei Frauen eingeführt hatte, und sie fühlte eine aufsteigende Erregung.

Marie-Louise war dies nicht entgangen und sie streckte ihre Hände nach Helene aus.

---

[34] *Svw. erwischt.*

130

„Komm her und setz dich zu mir, chérie", sagte sie und Helene folgte willig dieser Aufforderung. Sie setze sich und schmiegte sich dich an Marie-Louise, die begann mit ihrem Mund Helenes Lippen zart zu liebkosen.

Der Kuss wurde im selben Maße ungestümer, wie sich die Körper der beiden mit aller Kraft zueinander drängten.

„Ich will mit dir schlafen", flüsterte Marie-Louise, und Helene antwortete:

„Bitte, bleibe heute Nacht bei mir und halte mich fest."

„Das mache ich, chérie", erwiderte Marie-Louise, *„heute Nacht und alle Nächte danach, wenn du es möchtest."*

*****

Marie-Louise war bereits angezogen, als Helene aus dem Schlafzimmer kam. Sie sah Marie-Louise verwundert an.

„Wieso bist du schon angezogen? Wolltest du gehen, ohne mir adieu zu sagen?"

„Nein", antwortete Marie-Louise, *„wenn das so wäre, dann wäre ich schon längst verschwunden."*

„*Aber warum dann diese Eile?*", setzte Helene nach.

„*Weil ich ins Internat muss*", antwortete Marie-Louise, „*und vorher sollte ich noch duschen und mir etwas Adäquates anziehen. Meinst du nicht auch, chérie?*"

Die Tatsache, dass Marie-Louise „chérie" gesagt hatte, beruhigte Helene. Sie hatte befürchtet, dass Marie-Louise ihre gemeinsame Nacht vielleicht bereut haben könnte.

„*Einen Penny für deine Gedanken*", sagte Marie-Louise, als Helene nicht gleich darauf antwortete.

„*Entschuldige bitte*", sagte Helene, „*ich bin etwas durcheinander.*"

„*Ist es wegen heute Nacht? Bereust du es?*"

Helene lachte.

„*Warum lachst du, chérie?*", fragte Marie-Louise und Helene antwortete:

„*Weil ich genau dasselbe von dir gedacht habe.*"

Jetzt lachten beide. Marie-Louise umarmte Helene und küsste sie. Und wie am Abend zuvor, fühlten sie sich wie magisch zueinander hingezogen. Eine starke Erregung ergriff die beiden Frauen, und Marie-Louise musste sich mit aller Kraft von Helene losreißen.

132

„Es geht nicht", sagte sie, *„ich muss jetzt wirklich los. Aber in drei Tagen hole ich dich ab, und dann verbringen wir das Wochenende miteinander."*

„Das wäre wunderbar", erwiderte Helene.

Es folgten eine kurze Umarmung und ein letzter Kuss, und dann verließ Marie-Louise die Wohnung.

*****

Das Atelier von Matteo Zuccolini lag im Zentrum von Lausanne. Es war eine Attikawohnung[35] in einem Penthouse.

„Ich habe dich mehrmals angerufen, warum hast du nicht zurückgerufen?"

Der Ton in Matteos Stimme ließ einen leisen Vorwurf erkennen.

„Ganz einfach, Matteo", antwortete Helene, *„ich hatte zu tun. Aber ich kann auch gleich wieder gehen, wenn du das möchtest."*

„Sachte, sachte", erwiderte Matteo, der von der verbalen Riposte[36] überrascht schien.

---

[35] *Attika (aus griechisch attikos) ist eine wandartige Erhöhung der Außenwand über den Dachrand hinaus*
[36] *Begriff aus dem Fechten - Gegenangriff.*

„Ich möchte dich malen, meine Göttin."

Helene sah Matteo mit prüfendem Blick an.

„Aber ich werde mich nicht ausziehen", erwiderte Helene vorsichtshalber, worauf Matteo antwortete:

„Ich möchte nicht mir dir schlafen, du Schaf; ich will dich malen. Nackte Menschen sind vulgär."

Helenes Unwohlgefühl verbesserte sich durch diese Worte keineswegs.

Und wie möchtest du mich malen?", fragte sie daher vorsichtig nach.

„So, wie du bist", antwortete Matteo, *„stell dich einfach dort vor das Fenster und beweg dich nicht."*

Helene bewegte sich etwas unwillig zu dem Fenster, zu welchem Matteo hingezeigt hatte und drehte sich um.

„Nein, nicht so", sagte Matteo, *„dreh dich wieder um und blicke einfach hinaus."*

„Du willst mich von hinten malen?", fragte Helene ungläubig.

„Ja", antwortete Matteo, *„und jetzt mach endlich, bevor sich das Licht verändert."*

Helene drehte sich um. Sie fragte sich, worin der Sinn läge, wenn man eine Person malt, deren Gesicht

134

man nicht sehen kann. Widerspruch begann sich zu regen.

„Wozu brauchst du mich eigentlich? Du könntest doch einfach eine Puppe hinstellen."

Helenes gekränkte Eitelkeit war Matteo sehr wohl aufgefallen. Er lächelte, während er zu malen begann.

„Eine Puppe ist ein toter Gegenstand, du Schaf. Du hingegen bist meine Muse, und du inspirierst mich. Bist du jetzt zufrieden?"

„Ja", antwortete Helene, *„und nenn mich nicht ständig Schaf."*

Nach einer knappen halben Stunde war die Arbeit fürs Erste erledigt. Matteo legte seinen Pinsel zur Seite und ging zu Helene hin.

„Für heute ist es genug. Das Licht reicht nicht mehr aus. Morgen machen wir weiter. Und jetzt kannst du dich ausziehen, weil wir miteinander schlafen werden."

Als Matteo mit gekonntem Vorgehen Helene Schritt für Schritt auf den Gipfel führte, musste Helene kurz an Marie-Louise denken.

„Wie unterschiedlich doch die Liebe zwischen Mann und Frau und von Frau zu Frau ist..."

Dann wurden ihre Gedanken vom Rausch der Sinne ausgelöscht, und Marie-Louise war verschwunden.

Als Helene wieder von ihrem Gipfel herabgestiegen war und Matteo rauchend und selbstzufrieden neben ihr lag, schlich sich Marie-Louise wieder leise zurück in Helenes Gedanken.

„Wie anders doch das „Danach" ist, wenn sich Frauen lieben…"

Helene stieg aus dem Bett und zog sich an. Ohne Matteos eines Blickes zu würdigen, ging sie zur Tür und sagte dabei:

„Ich komme morgen wieder um die gleiche Zeit, wenn es dir recht ist."

„Mach das, Schäfchen", erwiderte Matteo, *„und zieh das Gleiche an wie heute."*

Danach dämpfte er seine Zigarette aus und drehte sich zur Seite. Wenig später kündeten tiefe Atemzüge, dass er eingeschlafen war.

*****

Das Haus am See, in unmittelbarer Nähe des „Plage de Rolle" deutete darauf hin, dass die Eltern von Marie-Louise zur Upperclass gehörten.

„Sind deine Eltern nicht da?", fragte Helene, als Marie-Louise die Haustür aufsperrte.

136

„*Jetzt nur noch selten*", antwortete Marie-Louise, „*als ich ein Kind war, sind wir jedes Wochenende hier gewesen.*"

Marie-Louise öffnete die Fensterläden und die Tür zur Terrasse. Der freie Blick auf den See war überwältigend.

„*Das ist ja ein Paradies*", schwärmte Helene.

„*Möchtest du mit dem Boot hinausfahren?*", fragte Marie-Louise.

„*Du hast ein Boot?*", fragte Helene überrascht.

„*Was glaubst du denn, was in dem Bootshaus drin ist?*", erwiderte Marie-Louise lachend, „*vielleicht ein Auto?*"

Sie hatte auf eine Holzhütte am Wasser gedeutet, welche dem Blick von Helene verborgen geblieben war.

„*Ich würde ja gern mit Ihnen aufs Meer hinausfahren, Frau Kapitän*", sagte Helene, „*ich fürchte jedoch, dass mir die passende Garderobe dafür fehlt.*"

„*Kein Problem, gnädige Frau*", erwiderte Marie-Louise, „*ich denke, da habe ich etwas für Sie. Aber notfalls könnten Sie auch unbekleidet die Fahrt genießen. Das Meer ist weit, und niemand würde Sie sehen; außer mir natürlich.*"

Helene spürte, wie eine leichte Röte in ihr Gesicht stieg.

„Vielen Dank für das Angebot, Frau Kapitän", antwortet Helene, *„ich würde es jedoch vorziehen, bekleidet die Fahrt durchzuführen."*

„Wie süß", sagte Marie-Louise mit einem verschmitzten Lächeln, *„du bist ja rot geworden."*

„Unsinn", widersprach Helene, *„und jetzt zeige mir, was du zum Anziehen hast."*

Kurz darauf stieg Helene, bekleidet mit einem Bikini von Marie-Louise, in das Motorboot, das im Bootshangar lag.

„Wo hast du den Bikini her?", fragte Helene, *„das ist doch überhaupt nicht deine Größe."*

Helene war, im Gegensatz zu Marie-Louise, um einiges schlanker. Allein die Oberweite unterschied sich deutlich.

„Den habe ich im Kaufhaus geklaut", antwortete Marie-Louise, *„ich bin eine Kleptomanin."*

Als Marie-Louise in das besorgte Gesicht von Helene sah, musste sie laut lachen.

„Das war ein Scherz, chérie", sagte sie sodann, *„ich kann dir gern den Kaufbeleg zeigen."*

138

„*Du bist unmöglich*", erwiderte Helene, die einen Augenblick lang die Geschichte geglaubt hatte, denn die Ernsthaftigkeit, mit welcher Marie-Louise das gesagt hatte, hatte sie in die Irre geführt.

„*Sei ehrlich*", sagte Marie-Louise, „*du hast das wirklich geglaubt.*"

„*Nicht eine Sekunde lang*", erwiderte Helene, „*und jetzt fahr endlich los.*"

Als sie ein Stück weit auf dem See draußen waren, stellte Marie-Louise den Motor ab und zog das Oberteil ihres Bikinis aus.

Helene war das unangenehm. So sehr sie sich auch wehrte, sie konnte sich gegen ihre aufsteigende Erregung nicht wehren.

Marie-Louise war das nicht entgangen.

„*Zieh deines auch aus*", sagte sie beinahe auffordernd.

„*Ich möchte nicht*", antwortete Helene zögerlich.

„*Dann mache ich das*", erwiderte Marie-Louise, beugte sich über Helene und öffnete den Verschluss.

Das Gesicht von Helene kam unweigerlich mit den Brüsten von Marie-Louise in Berührung, worauf ihre Erregung ins Unermessliche stieg.

„Du bist so wunderschön", stammelte Helene, *„ich will, dass du mich küsst."*

Und dann küsste Marie-Louise Helene. Zuerst auf ihren Mund, danach auf ihre kleinen Brüste und dann am ganzen Körper. Die beiden Frauen brachten einander zum Höhepunkt und lagen danach erschöpft auf dem Boden des Bootes.

Unter ihnen war das Wasser, auf dem das Boot sanft hin und her schaukelte, und über ihnen der blaue Himmel, der zum Teil mit kleinen Gesichtern aus weißen Wolken bedeckt war.

„Ich möchte am liebsten die Zeit anhalten", sagte Helene, und Marie-Louise antwortete:

„Das wäre nicht gut, chérie; du hast ja keine Ahnung, wie viel Schönes und Abenteuerliches noch auf uns wartet."

*****

Vor der Fahrt zum See hatte sich Helene vorgenommen, mit Marie-Louise über die kleine Halbgriechin zu sprechen.

Aber nach der aufregenden Bootsfahrt wollte sie die wunderschöne Stimmung nicht durch trübe Gedanken wieder zerstören.

140

Es war ihr jedoch ein Bedürfnis, über ein anderes Thema mit Marie-Louise zu sprechen.

„Ich muss mit dir über etwas Wichtiges reden."

„Über deine Tochter?", fragte Marie-Louise.

„Nein", antwortete Helene, *„es geht um uns beide."*

„Du willst Schluss machen", sagte Marie-Louise scherzhaft.

„Sei bitte ernst", bat Helene, *„es ist schon schwer genug für mich."*

Marie-Louise sah Helene erwartungsvoll an.

„Ich habe ein Verhältnis mit einem Mann."

Es folgte betretenes Schweigen.

„Liebst du diesen Mann?", fragte Marie-Louise.

Helene antwortete nicht gleich.

„Schläfst du mit ihm?", fragte Marie-Louise weiter, fügte dann aber schnell hinzu:

„Blöde Frage; natürlich schläfst du mit ihm."

„Ich glaube nicht, dass ich ihn liebe", sagte Helene, *„ich habe zwar Sex mit ihm; aber es ist nicht Liebe."*

Dann sah Marie-Louise Helene mit einem Blick an, der etwas Flehentliches an sich hatte.

„Liebst du mich?"

„So sehr, wie ich noch nie zuvor einen Menschen geliebt habe."

Die Antwort von Helene war so mächtig, dass beide Frauen davon überrascht wurden. Sie fielen sich in die Arme und hielten einander fest.

„Dann ist alles gut", sagte Marie-Louise mit Tränen in den Augen, *„und alles andere ist mir egal."*

„Es macht dir nichts aus, dass ich einen Liebhaber habe?", fragte Helene erstaunt.

„Nein", antwortete Marie-Louise, *„denn, wer immer das auch sein mag, ein Liebhaber ist das nicht. Das ist maximal ein Sexualpartner; denn für das Liebhaben bin nur ich zuständig."*

„Ich liebe dich, Malou", sagte Helene spontan und küsste Marie-Louise."

Marie-Louise sah Helene an und lächelte.

„Es ist komisch, dass du mich so nennst", sage sie, *„so hat mich bisher nur ein einziger Mensch genannt."*

„Lass mich raten", erwiderte Helene, *„es war deine Mutter."*

„Ja", antwortete Marie-Louise, „und es gefällt mir sehr, dass du mich jetzt so nennst, chérie. Du kannst das gern öfter sagen."

"Das mache ich, Malou", antworte Helene, „und jetzt lass uns bitte zurückfahren. Ich habe Hunger."

*****

Hatte Helene geglaubt, dass das Wochenende mit ihrer Liebsten aufregend genug gewesen wäre, dann wurde sie wenige Tage später eines Besseren belehrt.

Matteo Zuccolini, der exaltierte Künstler trat an Helene mit einer Bitte heran, die sie vorübergehend sprachlos machte:

„Ich möchte deine Tochter kennenlernen."

„Und zu welchem Zweck?", fragte Helene, als sie ihre Sprache wiedergefunden hatte.

„Was ist das denn für eine Frage?", erwiderte Matteo, „es ist doch naheliegend, dass ein Mann, der die Mutter einer Tochter liebt, die Tochter kennenlernen möchte; oder etwa nicht?"

Helene war erstaunt. Es war das erste Mal, dass Matteo, ihr gegenüber, das Wort „Liebe" in den Mund genommen hatte.

Sie fragte sich, wieso Matteo gerade jetzt, nachdem sie über ihre Beziehung zu ihm mit Marie-Louise gesprochen hatte, mit dieser Bitte an sie herantrat. Es mutete ein wenig unheimlich an...

„Was versprichst du dir davon?", setzte Helene nach.

„Ich verstehe dein Misstrauen nicht, meine Göttin", antwortete Matteo, *„es kränkt mich fast ein wenig. Ich möchte nur deine Tochter kennenlernen."*

Helene gab sich zunächst mit Matteos Antwort zufrieden, behielt sich jedoch eine größere Portion Misstrauen zurück.

„Na gut", sagte sie, *„dann fahren wir am Sonntag zum Internat und besuchen meine Tochter."*

Helene dachte daran, dass alle Versuche, sich Ari ein Stück weit zu nähern, in der Vergangenheit von ihr abgeschmettert worden waren. Ari fuhr jedes Mal ihre Krallen aus, wenn sich Mutter und Tochter begegneten.

Es ging sogar so weit, dass Ari es vorzog, in ihren Ferien im Internat zu bleiben, um mit anderen anwesenden Mitschülerinnen die vielen sportlichen Einrichtungen zu benützen.

Sie war inzwischen zu einer passablen Reiterin geworden und in die Schulmannschaft aufgestiegen, um an Vergleichswettbewerben mit anderen, ähnlichen schulischen Einrichtungen teilzunehmen.

Das hatte wiederum dazu geführt, dass Helene begonnen hatte, sich zu hinterfragen. Vielleicht hätte sie für Ari eine bessere, liebevolle Mutter sein sollen.

Aber nun war es ganz offensichtlich zu spät. Die inzwischen voll erblühte Pubertät machte Ari völlig unnahbar.

„Was mag sie?", fragte Matteo, *„ich würde ihr gern etwas mitbringen."*

„Vielleicht einen Stofftiger", antwortete Helene, *„der passt zu ihr."*

*****

Als Ariadne, Helena, Jeanne ihrem Besuch entgegenkam, fielen Matteo fast die Augen heraus. Er hatte ein Mädchen mit langen Zöpfen erwartet.

Aber was sich ihm da gerade vor Augen führte, war alles, nur kein Mädchen mit langen Zöpfen. Es war ein Vamp mit langen Haaren und einem üppigen Busen.

Matteo schluckte. Er hielt einen großen Tiger aus Plüsch in den Händen, den er eilig hinter seinem Rücken zu verstecken suchte.

„Der ist aber süß", sagte Ari, mit einem feixenden Lächeln in Richtung Helene, *„ist der für mich?"*

Matteo sah abwechselnd von Mutter zu Tochter, gefangen in einer äußersten Hilflosigkeit.

Helene wunderte sich. Das hätte sie bei Matteo niemals erwartet. Der Mann, der immer hoch über sich selbst schwebte, verhielt sich in diesem Augenblick wie ein kleiner Junge.

Ari griff nach dem Tiger und schmiegte ihr Gesicht hinein.

„Das ist Matteo Zuccolini, ein berühmter Schweizer Maler mit italienischen Wurzeln."

„Guten Tag, verehrtes Fräulein", sagte Matteo, noch immer sichtlich verwirrt, worauf Ari antwortete:

„Grüezi, Matteo. Oder soll ich lieber Buongiorno sagen?"

Ari hatte die Situation voll im Griff, und Helene bereute augenblicklich, dass sie dem Wunsch Matteos nachgekommen war.

„Aber nein, Fräulein", antwortete Matteo, *„Grüezi ist völlig o.k."*

„Nenn mich Ariadne, Matteo", sagte Ari und fragte dann:

„Wir können doch <DU> zueinander sagen, oder?"

146

„Sehr gern, liebe Ariadne", erwiderte Matteo, worauf Ari Matteo einen Kuss auf die Wange gab und sagte:

„Vielen Dank für den schönen Tiger, Matteo. Ich glaube, es ist ein Weibchen. Ich werde ihn „Hélène" nennen."

Und einmal mehr musste Helene erkennen, wie tief der Graben zwischen ihr und ihrer Tochter war…

*****

Helene hatte Marie-Louise um ein Treffen noch für denselben Abend gebeten. Als Helene ihr die Tür öffnete, war sie noch immer sehr aufgewühlt.

Marie-Louise bemerkte es sofort.

„Was ist los mit dir, chérie?", fragte Marie-Louise, *„du zitterst ja."*

„Ich hasse Matteo und ich hasse Ari; aber am meisten hasse ich mich selbst, dass ich mich mit Aris Vater eingelassen habe.

Und jetzt bekomme ich die Strafe dafür…"

„Was meinst du damit, chérie?", fragte Marie-Louise, die sich gerade nicht auskannte.

Und dann erzählte Helene ihrer Geliebten von dem unheilvollen Treffen zwischen Matteo und Ari.

Marie-Louise hatte Helene zugehört, ohne sie ein einziges Mal zu unterbrechen. Als Helene zu Ende war, fragte Marie-Louise:

„Was glaubst du, warum deine Tochter das macht?"

„Um mich zu demütigen", antwortete Helene heftig.

Marie-Louise sah Helene fragend an.

„Warum schaust du mich so an?", fragte Helene, *„glaubst du mir etwa nicht?"*

Der Ton, den Helene dabei angeschlagen hatte, war leicht aggressiv.

„Natürlich glaube ich dir, chérie", erwiderte Marie-Louise, *„aber..."*

„Was, aber? Du glaubst mir nicht; gib es ruhig zu."

Helene war aufgesprungen. Sie war in eine heftige Gemütsverfassung verfallen und hatte begonnen, verbal um sich zu schlagen.

„Ruhig, chérie, ganz ruhig."

Marie-Louise hatte ihre Arme um Helene geschlungen und ihren Kopf an ihre Brust gedrückt. Helene begann zu weinen.

„Es wird alles wieder gut, chérie", sagte Marie-Louise, *„ich bin ja da. Du wirst sehen, wir schaffen das gemeinsam."*

Marie-Louise setzte sich mit Helene auf die Couch. Sie hielt sie noch immer umschlungen.

„Leg dich hin und gib deinen Kopf in meinen Schoß."

Helene machte, was Marie-Louise ihr aufgetragen hatte. Als sie ihren Kopf in Marie-Louises Schoß gelegt hatte und die beruhigenden Hände spürte, mit welchen Marie-Louise ihr übers Haar strich, kehrte langsam wieder Ruhe bei Helene ein.

„Bitte verzeih, Malou, dass ich dich so angeschrien habe. Es tut mir leid."

„Ist schon vergessen, chérie", erwiderte Marie-Louise, *„ich kann dich gut verstehen.*

Deine Tochter ist offenbar sehr wandlungsfähig. Innerhalb der Mauern des Internats ist sie sehr beliebt.

Das war nicht immer so. In den ersten Jahren gab es ständig Beanstandungen seitens des Lehrkörpers. Aber seit geraumer Zeit hat sich das grundlegend verändert.

Vielleicht hängt es auch damit zusammen, dass sie ihre Liebe zur Malerei entdeckt hat. "

Bei diesen Worten zuckte Helene zusammen. Sie musste an ihr verunglücktes Malstudium denken.

„Das hat sie wohl von mir ", sagte Helene tonlos.

„Was meinst du damit, chérie? ", fragte Marie-Louise.

Helene erzählte Marie-Louise von ihrer Zeit an der „École nationale supérieure de beaux-arts de Paris", und dass sie dort auch Aris Vater kennengelernt hat.

Und dann erzählte sie Marie-Louise die ganze Geschichte, bis hin zu dem widerwärtigen, finanziellen Kuhhandel.

„Das ist ja unglaublich ", sagte Marie-Louise, als Helene am Ende ihrer Lebensbeichte war, *„du armer Schatz, was hast du nur durchmachen müssen.*

Aber jetzt bin ja ich da, und ich werde gut auf dich aufpassen.

Und gleich morgen werde ich mir das feine Fräulein zur Brust nehmen. "

„Tu das bitte nicht ", sagte Helene, *„das ist die ganze Sache nicht wert... "*

*****

Es war keine wirkliche Überraschung für Helene, als sie erfuhr, dass Ari bei Matteo Malunterricht genommen hatte.

So zumindest sollte es sich für Außenstehende darstellen, was natürlich ein völliger Unsinn war.

Ariadne, Helena, Jeanne entthronte zunächst ihre Mutter und nahm deren Platz ein. Sie wurde die neue Muse von Matteo.

Und als sie ihm vorschlug, er möge sie malen, wie Gott sie geschaffen hat, warf Matteo all seine Prinzipien über Bord und malte mit leicht zittrigen Händen den von der Natur üppig ausgestatteten Körper der neuen Göttin Ariadne.

Danach wich Ari nicht mehr von seiner Seite. Sie war sein Schatten bei jeder Vernissage, und es dauerte nur eine kurze Zeit, bis einige ihrer Bilder neben den seinen hingen.

Die Kunstwelt war aufmerksam auf Ariadne geworden, und damit hatte Matteo ausgedient.

Die künstlerische Newcomerin Ariadne, Helena, Jeanne hatte ihren Gönner so lang gut durchgekaut, bis er nichts mehr hergab, um ihn jetzt wieder auszuspeien.

Und Matteo verstand die Welt nicht mehr…

Es dauerte gar nicht so lange, bis Ari sich einen Namen in der Szene gemacht hatte. Sie war Autodidakt und reihte sich in eine Phalanx berühmter Maler aus der Vergangenheit ein, wie Cezanne, van Gogh, Menzel, Spitzweg, Utrillo und Andy Warhol.

*****

Als Ari volljährig wurde, verließ sie das Internat, ohne ihre Mutter davon in Kenntnis zu setzen. Helene erfuhr es von Marie-Louise.

„Weißt du, wohin sie gegangen ist?“, fragte Helene Marie-Louise.

„Nein“, antwortete Marie-Louise, *„sie hat das Internat sang- und klanglos verlassen, ohne sich zu verabschieden. Ich frage mich nur, von was sie leben will. Sie ist nicht so berühmt, dass sie von dem Verkauf ihrer Bilder leben kann.“*

„Das braucht sie nicht“, antwortete Helene, *„mit ihrer Volljährigkeit kann sie über das Konto verfügen, das ihr Erzeuger für sie eingerichtet hat. Und das ist nicht gerade wenig.“*

Helene hatte bewusst die Bezeichnung „Vater“ vermieden.

„Jetzt verstehe ich“, erwiderte Marie-Louise, *„das erklärt auch den Besuch eines Notars vor wenigen Tagen. Der hat wohl die Frohe Botschaft überbracht.“*

Helene nickte. Marie-Louise sah in das traurige Gesicht von Helene, deren Blick ins Leere ging.

„Wie geht es dir damit?", fragte Marie-Louise, *„tut es dir weh, chérie?"*

„Ich weiß nicht", antwortete Helene lächelnd. Es war ein gequältes Lächeln.

„Es überrascht mich ein wenig", fuhr Helene fort. *„Solange sie bei dir im Internat war, war ich mit Ari irgendwie verbunden.*

Die Verbindung war zwar lose; aber jetzt ist sie völlig abgeschnitten. Und ich weiß noch nicht einmal, wie ich sie erreichen kann."

Helene sah Marie-Louise an und fügte hinzu:

„Ist das nicht verrückt?"

„Nein, chérie", erwiderte Marie-Louise, *„sie ist ja doch ein Teil von dir."*

„Glaubst du das wirklich?", sagte Helene, *„Ari sieht das sicher anders."*

„Nur weil sie es nicht gezeigt hat, heißt das nicht, dass es nicht so war", versuchte Marie-Louise ihre Geliebte zu trösten.

„Aber jetzt ist Schluss mit den trüben Gedanken. Ich habe Karten für die Oper. Was sagst du?"

„Das ist genau der Stimmungsaufheller, den ich jetzt gebrauchen kann", antwortete Helene. *„Tosca könnte ich mir sehr gut vorstellen."*

Marie-Louise musste herzlich über Helenes Galgenhumor lachen und Helene ließ sich von ihr anstecken.

„Na, siehst du", sagte Marie-Louise, *„das Leben geht weiter; auch ohne diesen Satansbraten."*

„Ich liebe dich, Malou", sagte Helene, und Marie-Louise antwortete:

„Und ich liebe dich, chérie."

Es sollte das letzte Mal sein, dass Helene diese Worte aus dem Mund ihrer Geliebten hörte.

Auf der Heimfahrt wurde Marie-Louise von einem betrunkenen Autofahrer gerammt. Marie-Louise verstarb noch am Unfallort.

*****

Das Straßencafé, vor welchem Maman Jeanne und Christian saßen, war noch immer gut besucht.

Sie waren inzwischen vom Kaffee zu Pernod übergewechselt.

„Darf ich dich etwas fragen?"

Jeanne nickte und lächelte.

„Ich kann mir gut vorstellen, dass du eine Menge Fragen hast", sagte Jeanne, *„ich werde sie beantworten, so gut ich kann."*

„Was ist eigentlich aus Francine geworden?"

Mit dieser Frage hatte Jeanne nicht gerechnet. Sie brauchte einen Moment, bevor sie darauf antwortete.

„Francine und Hélène waren damals Freundinnen. Zumindest glaubte das Francine."

Christian sah Jeanne verwundert an und fragte:

„Wie meinst du das, Jeanne?"

Jeanne zögerte erneut. Es fiel ihr sichtlich schwer, darüber zu reden.

„Francine war damals in einen Burschen namens Antoine verliebt, und Hélène hat ihn ihr ausgespannt."

Christians Überraschung wurde mehr. Er tat sich schwer, zu glauben, was ihm Jeanne gerade über Helene erzählte.

Andererseits hatte er nicht den geringsten Zweifel darüber, dass Jeanne ihm nicht die Wahrheit sagen würde.

„Ich habe das damals nicht gewusst", fuhr Jeanne fort, *„Francine ist einfach Hals über Kopf geflüchtet, ohne mir den Grund dafür zu nennen.*

Francine war ein feines Mädchen; anders als Hélène. Hätte ich das damals gewusst, hätte ich Hélène rausgeworfen."

Christian bekam einen trockenen Mund. Es war kein gutes Licht, in dem er Helene in diesem Augenblick sah.

„Hast du noch Kontakt zu Francine?", fragte Christian.

„Natürlich", antwortete Jeanne, *„schließlich ist sie meine Nichte. Sie ist jetzt Professorin an der Schule, an der alles begonnen hat. Wir haben regelmäßig Kontakt."*

„Dann könnten sich Helene und Francine ja treffen", sagte Christian.

„Das wird ganz sicher nicht stattfinden", antwortete Jeanne. *„Francine ist damals in ein tiefes Loch gefallen und musste eine Zeit lang in psychiatrische*

Behandlung. Was Hélène damals getan hat, kann und wird Francine ihr niemals verzeihen. "

„Es fällt mir schwer, Helene so zu sehen", sagte Christian, *„gewiss, sie ist kein einfacher Mensch; aber trotzdem..."*

„Das waren damals andere Zeiten", erwiderte Jeanne, *„und die Mädchen waren jung und ziemlich verrückt. "*

„Es ist schön, dass du im Nachhinein so viel Verständnis für Helene aufbringen kannst", sagte Christian, *„du bist eine tolle Frau. "*

„Hör auf, Christian", erwiderte Jeanne, *„du macht eine alte Frau noch ganz verlegen. "*

Der Ober war an den Tisch herangetreten und hatte gefragt, ob er noch etwas zu trinken bringen solle. Jeanne bestellte zwei weitere Pernod.

„Wird das nicht zu viel?", fragte Christian behutsam, denn der bisherige Konsum begann bereits Wirkung zu zeigen.

„Aber nicht doch", antwortete Jeanne, *„es gibt Tage, da braucht es einfach etwas mehr. Und heute ist so ein Tag. "*

Christian lächelte. Er fühlte eine große Bewunderung für diese Frau.

„Darf ich dich noch etwas fragen? "

„*Nur zu*", antwortete Jeanne, „*heute ist der Tag der Wahrheit.*"

„*Was weißt du über Helenes Sohn?*", fragte Christian, worauf Jeanne antwortete:

„*Nichts!*"

„*Aber du weißt schon, dass Helene einen Sohn hat*", setzte Christian nach.

„*Hélène hat keinen Sohn*", antwortete Jeanne, „*Hélène hat nur eine Tochter.*"

*****

„*Bon soir, ma petite Poupée. Wie geht es eigentlich deinem Sohn?*"

Helene war gerade bei der Tür hereingekommen, als sie von Jeanne mit diesen Worten begrüßt wurde. Sie blieb wie angewurzelt stehen.

„*Wie es deiner Tochter geht, brauche ich dich ja nicht zu fragen*", fuhr Jeanne fort, „*ihr habt ja keinen Kontakt.*"

„*Woher weiß du?*", stammelte Helene, und Jeanne antwortete:

„Im Gegensatz zu dir reden Christian und ich miteinander. Das solltest du auch einmal probieren."

Helene wurde blass. Sie fühlte, wie sich gerade der Boden unter ihren Füßen auftat. Sie schaute abwechselnd zu Christian und zu Jeanne, hielt es aber bei keinem lange aus.

„Kann ich bitte ein Glas Wasser haben?", sagte sie und setzte sich eilig nieder, aus Angst, gleich auf den Boden zu sinken.

„Ich gebe dir lieber einen Cognac", antwortete Jeanne, *„der belebt die Lebensgeister."*

Helene hielt das Glas mit beiden Händen umklammert, als sie es zum Mund führte.

Nachdem sie es abgesetzt hatte, sagte Jeanne:

„Ich werde jetzt einen ausgiebigen Spaziergang machen. Ich kann mir vorstellen, dass ihr einiges zu bereden habt. Und wenn dir an diesem Mann etwas liegt, dann wäre jetzt der Moment der totalen Offenheit."

„Nein", erwiderte Helene, *„bitte bleib. Ich möchte, dass du hörst, was ich zu sagen habe. Es betrifft auch dich."*

Jeanne schaute Helene erstaunt an.

„Was meinst du damit?", fragte sie, und Helene antwortete:

„Das wirst du gleich sehen."

Jeanne setzte sich nieder und nahm sich ebenfalls einen Cognac. Christian lehnte zuerst ab, stimmte dann aber zu, nachdem ihm Jeanne gesagt hatte, dass ein Cognac zwar keine Probleme löst, sie aber erträglicher scheinen lässt.

„Ich weiß nicht warum", begann Helene ihre Lebensbeichte, *„aber als ich mich heute mit dem Geschäftsführer von <Pierre Rido>getroffen habe, ist mir einiges klar geworden.*

Dieser Mensch hat mir überhaupt nicht zugehört. Er hat zwar genickt und ab und zu auch einmal JA und NEIN gesagt; aber es hat sich angefühlt, als würde ich mit einer Maschine oder mit einem Zombie reden.

Zum ersten Mal ist mir die Oberflächlichkeit aufgefallen, welche der Beruf mit sich bringt. Und zum ersten Mal habe ich mich nach Wahrhaftigkeit gesehnt..."

Helene machte eine Pause. Es sah fast aus, als würde sie die Bedeutung ihrer Worte nachspüren wollen. Ihre Augen füllten sich mit Tränen.

„Es tut mir alles so leid, Maman", sagte sie dann und streckte ihre Hände nach ihr aus. *„Kannst du mir verzeihen?"*

160

„*Komm her, ma petite poupée* », antwortete Jeanne, deren Augen sich ebenfalls mit Tränen zu füllen begannen.

Jeanne nahm Helene in die Arme und strich ihr über das Haar. Erinnerungen wurden wach. Erinnerungen an die wilde Zeit, als Helene und Francine unter ihrem Dach weilten.

Eine seltsame Stille erfüllte den Raum. Christian hatte das Ganze schweigend beobachtet und das Verhalten von Helene überraschte ihn im selben Maße, wie es ihn auch ebenso verwirrte.

Diese Seite von Helene war ihm fremd: weich, verletzlich und ohne jeden Schnörkel.

„*Alles wird wieder gut*", sagte Jeanne, die noch immer sanft über Helenes Haar strich.

„*Nichts wird wieder gut*", erwiderte Helene heftig und befreite sich aus Jeannes Umarmung. Sie starrte Jeanne an und sagte:

„*Was ich getan habe, wirst du mir niemals verzeihen können.*"

Dann stand sie auf und verließ eilig den Raum.

„*Geh ihr nach*", sagte Jeanne zu Christian, „*und rede mit ihr.*"

„*Was soll ich ihr sagen?*", fragte Christian, und Jeanne antwortete:

161

„Die richtigen Worte werden dir schon einfallen. Und jetzt geh!"

Christian klopfte an, und als er keine Antwort kam, öffnete er vorsichtig die Tür und fragte:

„Darf ich reinkommen?"

Christian bekam wieder keine Antwort. Helene lag auf dem Bett und hielt ihr Gesicht im Kissen vergraben. Sie hatte einen Heulkrampf und ihr ganzer Körper bebte.

Es war, als wäre alles Elend dieser Welt über sie gekommen. Christian setzte sich neben Helene auf das Bett. Er legte seine Hand auf ihre Schulter und sagte:

„Dreh dich bitte um, mein Herz."

„Warum nennst du mich so?", fragte Helene, *„ich habe dich belogen und ich habe dich schlecht behandelt. Ich bin eine schreckliche Frau."*

Helene hatte sich umgedreht und sah Christian mit ihren Tränen erfüllten Augen an.

„Ganz einfach", antwortete Christian, *„weil ich dich liebe."*

Helene wurde erneut von einem Heulkrampf erfasst. Sie schlang ihre Arme um Christian und sagte:

„Kannst du mir je verzeihen?"

„Das habe ich doch schon längst", antwortete Christian, *„und jetzt wisch deine Tränen ab und lass uns zu Jeanne gehen."*

„Auf gar keinen Fall", erwiderte Helene, *„lass uns unsere Sachen zusammenpacken und dann verschwinden wir."*

„Nein", sagte Christian, *„das machen wir ganz sicher nicht. Du gehst jetzt hinaus und entschuldigst dich bei Jeanne."*

Helene sah Christian mit großen Augen an. Die Bestimmtheit, mit welcher Christian das gerade eben zu ihr gesagt hatte, überraschte sie.

„Du hast ja keine Ahnung, was ich getan habe", sagte sie dann, *„ich habe etwas getan, was Maman Jeanne mir nie verzeihen wird."*

Christian musste lächeln. Es berührte ihn, dass Helene Jeanne noch immer „Maman" nannte, obwohl sie selbst schon im fortgeschrittenen Alter und Mutter war.

„Meinst du die Sache mit Francine?", fragte Christian.

„Was weißt du darüber?", fragte Helene.

„Alles", antwortete Christian, *„Jeanne hat es mir erzählt."*

„Mein Gott; das ist ja furchtbar."

163

Nacktes Entsetzen stand in Helenes Gesicht geschrieben.

„Du meinst, sie weiß, was ich Francine damals angetan habe?"

„Ja."

Es folgte kurzes Schweigen, bevor Helene fragte:

„Wieso hat sie mich dann nicht rausgeworfen?"

„Weil sie es damals nicht wusste", antwortete Christian, *„sie hat es erst viele Jahre später erfahren."*

„Und trotzdem sind wir jetzt hier und wohnen bei ihr."

Helene versuchte krampfhaft Ordnung in ihre Gedanken zu bringen, und je mehr sie nachdachte, umso verworrener schienen ihr die Dinge.

„Ich muss jetzt mit Maman Jeanne reden, sonst verliere ich noch den Verstand."

Helene stürzte aus dem Zimmer, gefolgt von Christian, der sich gerade Sorgen um Helenes Gemütszustand machte. Jeanne hatte die Beiden schon erwartet.

„Setzt euch, und dann reden wir."

*****

164

„Als ich von Francine erfahren habe, wie niederträchtig du dich damals ihr gegenüber verhalten hast, bekam ich eine unbändige Wut auf dich", begann Jeanne die Aussprache.

„Ich weiß nicht, was ich damals getan hätte. Aber heute, mit gehörigem Abstand und ein paar Jährchen mehr auf dem Buckel, sehe ich die Dinge etwas differenzierter.

Es war die Zeit des Umbruchs. Die ganze Welt spielte verrückt. Vietnamkrieg, Proteste, Flower-Power, und zwei junge Mädchen unter meinem Dach, die unterschiedlicher nicht hätten sein können.

Du, ma petite poupée, ein großer Revoluzzer, und Francine, die noch am Liebsten mit Puppen gespielt hätte.

Und dann verliebt sich die eine davon, und die andere zerstört ihr diese Liebe. Das war schändlich. Aber es war ebenso schändlich von dem jungen Mann, der damals mitgespielt hat."

Helene hielt die ganze Zeit über den Kopf zu Boden gesenkt. Als Jeanne eine Pause machte, hob Helene vorsichtig den Kopf.

„Darf ich dich etwas fragen, Maman?"

„Nur zu", antwortete Jeanne, *„frag nur!"*

„Wieso hast du uns bei dir aufgenommen, nachdem, was du alles über Francine und mich weißt?"

„Weil du mir noch immer ans Herz gewachsen bist, Hélène", antwortete Jeanne, *„und weil ich den Mann kennenlernen wollte, der es mit dir aushält."*

„Darf ich auch etwas fragen?", meldete sich Christian zu Wort.

„Bien sûr, mon cher", antwortete Jeanne.

„Ich meinte eigentlich Helene", erwiderte Christian.

„Oh, Pardon", sage Jeanne, *„dann frag sie."*

Christian wandte sich Helene zu.

„Warum hast du mir die Geschichte von einem Sohn erzählt, den es gar nicht gibt?"

Helene presste ihre Lippen zusammen. Man konnte deutlich erkennen, dass ihr diese Frage äußerst unangenehm war.

„Möchtest du nicht antworten, Hélène", drängte Jeanne, *„Christian hat ein Recht auf deine Antwort, n'est-ce pas?"*

„Ich habe mich geschämt", begann Helene kleinlaut, *„ich habe mich geschämt, weil das Image einer schlechten Mutter nicht zu der perfekten Geschäftsführerin einer bekannten Modekette gepasst hätte.*

Und nachdem mir das Schicksal meine Malou genommen hatte, brach eine Welt für mich zusammen.

166

Ich bin damals geflüchtet und ich habe mich nur noch meiner Arbeit gewidmet.

Und ich habe mir geschworen, dass mir nie wieder jemand wehtun können würde. Weder ein Mensch, noch das Schicksal.

Und dann kamst du. Und du kamst mir gefährlich nahe. Also habe ich einen imaginären Schutzwall aufgebaut und aufgepasst, dass ich die Dinge im Griff behalte. "

Helene machte eine kurze Pause, bevor sie ergänzte:

„Heute weiß ich, dass das alles falsch war. Ich habe so vielen Menschen wehgetan, und es hat mir überhaupt nichts ausgemacht.

Was für ein Mensch muss man sein, um so etwas zu tun? "

„Du hast dir die Antwort gerade selbst gegeben, ma petite poupée", sagte Jeanne, *„man muss ein Mensch sein, um Fehler machen zu können. Ein schwacher Mensch.*

Und wenn man seine Fehler eingesteht und sie bereut, dann kann aus einem schwachen Menschen ein starker Mensch werden. "

Helene nickte und lächelte. Es war ein gequältes Lächeln.

„Es wäre schön, wenn das so einfach wäre", sagte sie dann und fügte hinzu:

„Oder siehst du mich gerade als einen starken Menschen?"

„Ich sehe eine Frau, die sich selbst geißelt", antwortete Jeanne, *„anstatt, um Verzeihung zu bitten."*

Helene begann zu weinen. Mit tränenerstickter Stimme sagte sie:

„Kannst du mir denn je verzeihen, Maman?"

„Das habe ich doch schon längst getan", antwortete Jeanne, *„aber es ist ebenso wichtig, dass du dir selbst verzeihst, Hélène; sonst funktioniert das nicht."*

Helene nickte. In ihrem Gesicht war ein kleiner Hoffnungsschimmer zu erkennen. Sie wandte sich an Christian und sagte:

„Es ist noch gar nicht so lange her, dass ich geglaubt habe, ich würde nie mehr einen Menschen lieben können. Und dann kamst du und hast mir diesen Glauben genommen.

Es hat mich fast ein wenig wütend gemacht, weil du mich aus meiner Komfortzone herausgelockt hast. Und jetzt, da ich merke, wie gut sich das anfühlt, musst du erfahren, wie sehr ich dich angelogen habe.

Ich kann nicht erwarten, dass du mir das verzeihen wirst."

168

„Warum probierst du es nicht einfach?", mischte sich Jeanne ein, die bemerkt hatte, dass Christian Helenes Worte wie paralysiert gefolgt war, und unfähig, darauf zu reagieren.

„Das musst du nicht, mein Herz", sagte Christian, *„ich kann dir nicht verzeihen, weil ich dir zu keiner Zeit böse war."*

„Nicht einmal ein kleines bisschen?", fragte Helene erstaunt.

„Na, ja; vielleicht ein kleines bisschen", antwortete Christian, *„aber nicht so wirklich."*

Ein Strahlen, noch heller als die Sonne, ging über Helenes Gesicht. Sie stand auf, ging zu Christian und küsste ihn.

„Ich liebe dich, Christian. Ich bin so unbeschreiblich glücklich."

„Dann hole ich einmal den Champagner", sagte Jeanne und wollte den Raum verlassen; aber Helene hielt sie auf. Sie umarmte sie und küsste sie wieder und wieder.

„Danke, Maman Jeanne. Das werde ich dir nie vergessen."

*****

Jeanne hatte Helene und Christian überreden können, noch einen weiteren Tag zu bleiben.

Eigentlich wollten die beiden am nächsten Morgen zurückfliegen, aber die Einladung auf ein gemeinsames Abschiedsessen am nächsten Tag konnten sie Jeanne nicht abschlagen.

Helene hatte die schwarz gekleidete Dame mit dunkler Brille, die an einem der nahe liegenden Nachbartische saß, zuerst bemerkt.

Es waren die kurzen Haare, der grellrot geschminkte Mund und die rot lackierten Fingernägel, welche einen Verdacht bei ihr aufkommen ließen.

„*Schau bitte einmal unauffällig zu der Dame in Schwarz*", flüsterte Helene Jeanne zu. „*Kommt sie dir nicht auch irgendwie bekannt vor?*"

Jeanne drehte sich um und schaute in die Richtung, in welche Helene mit ihrem Kopf gedeutet hatte.

„*Ich weiß schon, wen du meinst*", antwortete Jeanne, „*du hast recht, das ist <Le Chat>.*"[37]

„*Wer bitte ist <Le Chat>?*", fragte Christian, der weder den Namen dieser Dame kannte noch die Bedeutung dafür.

„*Das weiß niemand*", antwortete Helene, „*sie ist ein Mysterium.*"

---

[37] *Die Katze*

170

„Aber irgendjemand muss doch wissen, wer sie ist", insistierte Christian, der offensichtlich Gefallen an der Erscheinung fand.

„Natürlich", erwiderte Helene, *„aber das ist nur ein auserlesener Kreis. Ihre Bilder werden für sechsstellige Summen gekauft. Aber niemand weiß, wer sich dahinter verbirgt und wie ihr richtiger Name ist."*

„Würdest du sie gern kennenlernen wollen?"

Helene sah Jeanne erstaunt an.

„Ich glaube kaum, dass das möglich sein wird", erwiderte Helene lächelnd.

„Es ist möglich, ma petite poupée", sagte Jeanne, *„es ist mein Abschiedsgeschenk für dich."*

Helene sah zu der Dame am Nachbartisch, die ihren Blick erwiderte.

„Geh hin, sie erwartet dich."

Helene sah Jeanne misstrauisch an, sie konnte nicht verstehen, was da gerade vor sich ging.

„Jetzt geh schon", forderte Jeanne Helene wiederholt auf, *„ich glaube nicht, dass die Dame ewig auf dich wartet."*

Helene stand auf und ging zu der Dame hin.

„Bonjour, Hélène!"

Helene erschrak.

„Bitte, setzen Sie sich."

Helene nickte kurz und setzte sich der Frau gegenüber, die gerade im Begriff war, ihre Brille abzuset-
zen.

Jetzt konnte Helene das Gesicht der Frau genauer
sehen. Es war ein sehr schönes Gesicht. Die gleich-
mäßig geformte Nase, der kleine Mund und die grü-
nen Augen waren selbsterklärend für den Namen der
Frau: *„Le Chat", die Katze.*

„Sie kennen mich nicht, Madame", sagte die Frau,
„oder irre ich mich da?"

„Nein, Madame", antwortete Helene, *„Sie irren
sich nicht; wir sind uns leider bisher noch nie begeg-
net."*

*„Dann liegt es wohl an mir, mich vorzustellen,
n`est-ce pas?"*, sagte die Frau mit einem charmanten
Lächeln, *„ich bin Ihre Tochter, Ariadne, Helene, Jan-
ne."*

Bei Helene begann sich alles zu drehen. Das Blut
stieg ihr in den Kopf, und eine Ohnmacht war schon
bedenklich nahe.

„Trinken Sie das, Madame", sagte die Frau, welche Helene als „Ari" in Erinnerung behalten hatte,
„das wird Ihnen helfen."

Helene nahm das Glas Wasser entgegen und trank es in einem Zug aus. Während sie das tat, musterte sie ihr Visavis mit großer Akribie. Irgendetwas an dieser Frau störte sie.

„Ich nehme an, Sie vermissen mein unverwechselbares Merkmal in meinem Gesicht, Madame“, sagte Ari, *„die bemerkenswerte Nase, die jede Griechin ziert.*

Sie hat mir das Leben im Internat täglich zur Hölle gemacht, und eine Mutter, die mich hätte trösten können, gab es ja nicht.

Aber ich habe sehr schnell gelernt, mich zu wehren. Ich habe meine Krallen ausgefahren und so manches hübsche Gesicht damit verletzt.

Dadurch wurde meine Freizeit mittels erzieherischer Strafmaßnahmen immer wieder stark beschnitten. Und so kam ich zum Malen.

Als ich dann dieser Hölle entronnen war und über die notwendigen Mittel verfügte, habe ich die Boshaftigkeit der Natur korrigieren lassen.

Irgendwann habe ich dann Kontakt zu Jeanne aufgenommen. Sie wurde mir zur Mutter, die ich nicht hatte und die ich mir gewünscht hätte.

Und bevor Sie mich das fragen, Madame, ich habe Jeanne verboten, Ihnen von mir Bericht zu erstatten.“

173

Helene war wie gelähmt. Die Kälte und die Ablehnung, die ihr von ihrer Tochter entgegenschlug, erstickten sie beinahe.

„Es tut mir so leid, Ari", stammelte Helene, *„und ich weiß, dass ich dir sehr wehgetan habe."*

„Das haben Sie, Madame", erwiderte Ari, *„und bitte, duzen Sie mich nicht. Wir sind zwar verwandt; aber sie sind mir fremder als der Mann, der hier die Getränke serviert."*

Helene hielt es nicht mehr länger aus. Sie stand auf und ging zurück zu Jeanne und Christian.

„Was ist los?", fragte Jeanne, und Helene antwortete:

„Diese Frau ist der personifizierte Hass."

Jeanne stand auf und ging zu Ari. Diese war gerade im Begriff, aufzustehen, um das Lokal zu verlassen, wurde aber von Jeanne energisch aufgefordert, sich wieder hinzusetzen.

„Was ist passiert, chérie? Wieso ist Hélène so aufgewühlt?"

„Weil sie die Wahrheit nicht verträgt", antwortete Ari in aggressivem Ton.

„Wie redest du mit mir?", gab Jeanne in strengem Ton zurück.

„Es tut mir leid", erwiderte Ari, *„bitte, verzeih. Aber es ist so viel hochgekommen, und es musste einfach raus. Und vielleicht habe ich mich ein wenig im Ton vergriffen."*

„Das hast du ganz sicher", sagte Jeanne, *„und das war nicht gut und auch nicht richtig.*

Ich erwarte nicht, dass du deine Mutter liebst; aber deinen Respekt ihr gegenüber, den erwarte ich schon. Es war damals nicht einfach für Hélène, das darfst du mir glauben. Und dein Vater war kein Heiliger. Oder hat er sich vielleicht irgendwann einmal bei dir gemeldet?"

„Nein", antwortete Ari kleinlaut.

„Na, siehst du", sagte Jeanne. *„Ihr solltet euch irgendwann noch einmal treffen und über alles reden.*

Reden, meine ich, nicht vorwerfen. Hast du das verstanden?"

„Ja, habe ich", antwortete Ari.

„Dann ist es ja gut. Und jetzt geh hin und verabschiede dich von deiner Mutter."

In Ari begann sich heftiger Widerspruch zu regen, aber der Blick von Jeanne ließ ihn sogleich ersticken.

„Mach schon, du griechischer Dickschädel!"

Als Ari aufstand, huschte ein kleines Lächeln über ihr Gesicht. Sie liebte Jeanne mehr, als irgendeinen anderen Menschen auf der Welt.

Sie war es, die sie die ersten Lebensjahre begleitet hatte, sie war es, die ihr Lieder vorgesungen hatte, wenn sie nicht einschlafen konnte, und sie war es, die sie bei sich aufnahm, als sie das Internat verlassen hatte.

Ari ging zum Tisch, an dem Helene mit Christian die Unterhaltung der beiden Frauen mitverfolgt hatten, ohne ein einziges Wort davon zu hören.

Sie streckte Helene die Hand entgegen und sagte:

„Ich möchte mich bei dir entschuldigen, Hélène, und vielleicht können wir uns nach einiger Zeit noch einmal treffen, wenn du möchtest. Ich wünsche dir alles Gute, und Ihnen auch, Monsieur."

Mit diesen Worten streckte sie auch Christian die Hand entgegen, der diese verblüfft entgegennahm.

Dann küsste sie noch Jeanne auf beide Wangen, setzte ihre große, dunkle Brille auf und verließ das Lokal.

Helene fühlte sich von der Situation völlig überfordert. Da half jetzt nur noch ein heftiger Weinkrampf, dem sie sich dann auch willenlos hingab…

*****

176

Helene war früh zu Bett gegangen, nachdem Jeanne ihr eine Beruhigungstablette gegeben hatte.

„Das nennt man wohl eine Begegnung der besonderen Art", sagte Christian, als er aus dem Schlafzimmer zurückgekommen war, wo er gewartet hatte, bis Helene eingeschlafen war.

„Es war wichtig", erwiderte Jeanne, *„auch wenn es für beide sehr schmerzhaft war."*

„Hast du eine Ahnung, warum sich die beiden so entzweit haben?", fragte Christian.

„Ich denke, dass Ari der Prellbock für Hélènes Hass auf Aris Vater war", antwortete Jeanne, *„und der kleine, griechische Dickschädel hat mit ihrer Aufsässigkeit diesen Hass nur noch weiter geschürt. Und hinzukam, dass Hélène selber noch mehr Kind als Frau war. Sie war ganz einfach überfordert."*

„Haben sich Helene und Aris Vater jemals wieder gesehen?", fragte Christian.

„Ich denke nicht; aber wissen tu ich es nicht. Vergiss nicht, Hélène und ich hatten über viele Jahre keinen Kontakt."

„Warum eigentlich nicht?", fragte Christian, worauf Jeanne mit einem feinen Lächeln antwortete:

„Das musst du sie schon selber fragen, mon cher."

*****

Der Rückflug nach Hause verlief überwiegend schweigend. Christian hielt die ganze Zeit über Helenes Hand.

Nachdem sie in das Taxi vor dem Flughafengebäude gestiegen waren, sagte Helene:

„Ich möchte zuerst einen Sprung in die Firma machen. Setz mich dort ab und fahr dann weiter zu dir nach Hause. Ich werde dich am Abend anrufen."

Christian war überrascht. Damit hatte er nicht gerechnet. War Helene, kaum dass sie auf heimischen Boden waren, wieder in die Haut von Madame Hélène geschlüpft? Er überlegte einen Augenblick, ob er etwas dazu bemerken sollte, unterließ es aber und antwortet nur:

„Wie du möchtest, mein Herz."

„Du wirst ja auch erst einmal deine Post durchsehen wollen, nehme ich an", fügte Helene noch schnell hinzu und forderte danach den Fahrer auf, er möge losfahren.

Diese Worte ließ Christian unkommentiert. Er fühlte eine tiefe Traurigkeit in sich aufsteigen. Er blickte beim Fenster hinaus und fragte sich, ob die Reise nach Paris etwas verändert hätte oder ob es nur ein kleiner menschlicher Zwischenstopp im Leben von Madame Hélène gewesen war...

*****

178

Der erhoffte Anruf von Helene fand nicht statt.

Christian hatte immer wieder zum Telefon gegriffen, um zu klären, warum Helene nicht angerufen hatte, verweigerte sich aber dieses Vorhaben, um seinem verletzten Stolz nicht den Wind aus den Segeln zu nehmen.

Er musste sich hingegen vehement gegen das verständnisvolle Flüstern seines inneren Schweinhundes wehren, der ihm klarzumachen versuchte, dass Helene wohl nicht die richtige Partnerwahl für ihn wäre.

Als Christian nach über einer Woche noch immer kein Lebenszeichen von Helene erhalten hatte, beschloss er, den Stier bei den Hörnern zu packen. Er rief an.

„Mode Meunier, guten Tag. Mein Name ist Irene Frank, was kann ich für Sie tun?"

Christian hatte bewusst die Zentrale gewählt. Er nannte auch nicht seinen Namen, sondern sagte direkt:

„Guten Tag, Frau Frank, ich möchte gern Frau Marschal sprechen."

„In welcher Angelegenheit, wenn ich fragen darf?", antwortete Frau Frank.

„Ich bin der Hausmeister, der für die Wohnung von Frau Marschal zuständig ist, und ich müsste in die Wohnung, um den Zählerstand abzulesen."

179

Christian wunderte sich gerade über sich selbst, dass er das gesagt hatte.

Es folgte ein kurzer Moment des Schweigens.

„Bitte, haben Sie einen Augenblick Geduld, ich werde mich gleich wieder bei Ihnen melden. "

Ein leises Knacksen in der Leitung und die darauffolgende, schrecklich klingende klassische Melodie zeigte an, dass Christian auf Stand-by geschaltet worden war.

Diese idiotische Erfindung, welche ursprünglich wohl gedacht war, den Anrufenden bei Laune zu halten, hatte wohl noch nie jemand dazu bewegen können, gut gelaunt zu sein.

Es dauerte beunruhigend lange, bevor sich Frau Frank wieder meldete.

„Bitte, entschuldigen Sie, dass es etwas länger gedauert hat, aber ich musste erst Rücksprache halten. "

Christian wurde hellhörig. Ein seltsames Gefühl beschlich ihn. Und als er die nächsten Worte hörte, wusste er auch gleich, warum.

„Frau Marschal arbeitet hier nicht mehr. Es tut mir leid, dass ich Ihnen nicht weiterhelfen kann. Ich wünsche Ihnen noch einen schönen Tag. "

Jetzt verstand Christian überhaupt nichts mehr.

Wieso arbeitete Helene nicht mehr für diese Firma, und wieso meldete sie sich nicht bei ihm?

Christian wählte Helenes Nummer. Und da wartete die nächste Überraschung auf ihn.

„Der gewünschte Teilnehmer ist vorübergehend nicht zu erreichen."

„Mein Gott", schoss es Christian durch den Kopf, *„sie wird sich doch nichts angetan haben?"*

Er dachte an die Begegnung von Helene mit ihrer Tochter, und dass dies Spuren hinterlassen haben könnte, die eine Verzweiflungstat rechtfertigen würden.

Panik begann sich bei Christian auszubreiten. Er überlegte krampfhaft, was er unternehmen könnte.

Jeanne", fiel ihm blitzartig ein, *„ich werde Jeanne anrufen."*

Er wählte Jeannes Nummer, umklammert von der Angst, er könnte sie nicht erreichen. Aber zum Glück meldete sie sich sofort.

„Das ist aber eine schöne Überraschung, mon cher", begrüßte Jeanne den Anrufer, *„wie geht es dir und Hélène?"*

„Helene ist verschwunden", antwortete Christian hastig, *„hast du vielleicht eine Ahnung, wo sie sein könnte?"*

181

„*Verschwunden?*", erwiderte Jeanne, „*was heißt das, sie ist verschwunden?*"

„*Verschwunden eben*", antwortete Christian aufgeregt, „*sie ist nicht mehr in der Firma und telefonisch kann ich sie auch nicht erreichen.*"

„*Tout doux*",[38] *mon cher*", sagte Jeanne mit ruhiger Stimme, „*das lässt sich sicher alles klären.*"

„*Und was ist, wenn sie sich etwas angetan hat?*"

Christian hatte seine schlimmste Befürchtung ausgesprochen.

Absolument pas!"[39]

Jeanne hatte Christian diese Worte förmlich an den Kopf geworfen. Sie fügte noch hinzu:

„*So etwas würde Hélène niemals tun.*"

„*Was macht dich da so sicher?*", fragte Christian vorsichtshalber nach, und Jeanne antwortete:

„*Weil ich sie viel zu gut kenne, und weil Hélène am Leben hängt. Ich werde sie gleich einmal anrufen.*"

---

[38] *Immer hübsch langsam*
[39] *Auf gar keinen Fall.*

„Das hat keinen Zweck", erwiderte Christian, „das habe ich auch versucht; aber da meldet sich niemand."

„Welche Nummer hast du gewählt?", fragte Jeanne, worauf Christian ihr die gewählte Nummer durchsagte.

„Das ist ihr Firmentelefon", antwortete Jeanne, „ich werde ihr Privattelefon anrufen."

Christian war überrascht. Er fragte Jeanne, ob sie ihm die Nummer geben würde, was Jeanne aber ablehnte.

„Lass mich mit ihr sprechen. Sie wird dich danach sicher anrufen, mon cher."

„Und wenn nicht?", fragte Christian ängstlich.

„Dann wird sie ihre Gründe dafür haben. Aber das glaube ich nicht. Sei nicht so negativ, mon cher; das ist nicht gut."

*****

Helene hatte Christian ca. eine Stunde später angerufen und ihn um ein Treffen gebeten.

Sie hatten sich in einem Café verabredet und saßen sich nun gegenüber.

„Ich danke dir, dass du gekommen bist."

Christian sah Helene einfach nur an. Er hatte lange überlegt, ob er zu diesem Treffen überhaupt kommen sollte.

„Warum sagst du nichts?", setzte Helene nach.

Christian schwieg noch immer. Für einen Augenblick lang spielte er mit dem Gedanken, einfach aufzustehen und zu gehen.

Er betrachtete Helene genauer, und jetzt fiel ihm erst auf, dass Helene nicht so aussah wie sonst.

Ihm gegenüber saß nicht die durch und durch gestylte und vom Erfolg geküsste Madame Hélène, sondern eine einfache Frau, nur dezent geschminkt und mit traurigen Augen.

Mitleid wollte sich gerade bei Christian einstellen, als Helene sagte:

„So kommen wir nicht weiter, Christian."

„Da ist sie ja wieder", dachte Christian, *„die Frau, die mit ihrer Souveränität alles überstrahlt."*

Er wollte aufstehen und gehen, als der Ober an den Tisch kam.

„So, hier haben wir Ihre Bestellung. Für die Dame den Kaffee und das Eclair und für den Herrn nur einen Kaffee."

184

„Bringen Sie uns bitte noch zwei Cognac, Herr Ober", sagte Helene, worauf der Ober mit den Worten *„mit dem größten Vergnügen"* die Bestellung bestätigte und sich entfernte.

„Ich habe eine Bitte, Christian", sagte Helene, *„höre mir bitte zu und unterbrich mich nicht. Wenn ich fertig bin, kannst du aufstehen und gehen, wenn du möchtest. Ich werde dich dann nicht zurückhalten."*

„Warum sagt sie nicht einfach, dass es aus ist", dachte Christian, denn die Tatsache, dass sie ihn mit seinem Vornamen ansprach, ließ keine Zweifel darüber offen, dass es genau darum ging.

Schließlich hatte sie ihn noch nie so genannt. Also gut, er würde seinen Kaffee trinken und auch den Cognac, und er würde sich ihr Geschwätz dabei anhören. Und dann würde er gehen…

„Ich habe im Laufe meines Lebens sehr viel Porzellan zerschlagen, und ich bin nicht stolz darauf.

Mein Elternhaus war nicht gerade eine Wohlfühloase. Tägliche Streitigkeiten zwischen Vater und Mutter haben mich früh geprägt. Mein Vater war Alkoholiker und Schläge waren ihm wichtiger als Worte.

Mit sechzehn wurde ich von Micki schwanger. Mein Vater hat mich verprügelt und Micki hat mich verlassen. Meine Mutter brachte mich zu einer Engelmacherin, die das Problem löste.

185

Ich habe mir damals geschworen, mich mit keinem Mann mehr einzulassen.

Als ich volljährig war, habe ich mir aus dem Geldbeutel meines Vaters und aus der Haushaltskasse meiner Mutter das nötige Startkapital für Paris besorgt. Und so trampte ich in mein neues Leben.

Ich habe schon als Kind gern gezeichnet, und mein Lehrer hat mir ein gewisses Talent attestiert. Was also lag näher, als die Karriere einer berühmten Malerin anzustreben.

In Paris habe ich dann das <Savoir-vivre> kennen- und lieben gelernt. Mein altes Leben hatte ich zurückgelassen und mit ihm auch meine Ablehnung für das männliche Geschlecht.

Als ich dann auf Francine getroffen bin, war das ein großer Glücksfall für mich. Durch sie fand ich Unterschlupf bei Maman Jeanne.

Meine Karriere als Malerin war zu Ende, noch bevor sie richtig begonnen hatte. Ganz anders hingegen bei Francine. Sie hatte das Talent, das ich gern gehabt hätte.

Das machte mich wütend. Ich habe ihr den Freund ausgespannt und ihr gedroht, sie dürfe Jeanne nichts davon erzählen.

Dann kam mir das Glück noch einmal zu Hilfe. Ausgerechnet Maman Jeanne öffnete mir den Weg zu einer völlig anderen Karriere.

186

Der Erfolg blieb nicht lange aus. Aber ich wollte mehr. Ich wollte ganz hoch hinaus. Da kam Matteo Zuccolini gerade recht.

Von ihm zu Aristidis Padapoulus war es dann nur noch ein kleiner Schritt.

Den Preis für das Leben auf der Überholspur habe ich bezahlt, ohne dass es mir bewusst war. Ich verkaufte den kläglichen Rest der bis dahin arg geschundenen Seele.

Und plötzlich wurde ich wieder schwanger. War es beim ersten Mal noch ein Unglück, so konnte ich dieses Mal ordentlich Kapital daraus schlagen.

Ich schloss einen Pakt mit dem Teufel, ohne die geringsten Skrupel.

Und das wäre wohl noch ewig so weitergegangen, wäre nicht ein Mensch in mein Leben getreten, der mein unmoralisches Dasein infrage gestellt hat.

Zu Beginn glaubte ich noch, beides unter einen Hut bringen zu können: Meinen skrupellosen Egoismus und die Unschuld einer reinen Liebe.

Das schien auch zu funktionieren. Ich hatte alles im Griff; bis zu der verhängnisvollen Reise in die Vergangenheit.

Da hast du – in Verbindung mit Maman Jeanne – meine Prinzipien Stück für Stück demontiert. Und als mir dann bei meinem Besuch bei Rido die Augen auf-

gingen, entdeckte ich das kleine, ängstliche Mädchen, das sich nur nach Liebe und Geborgenheit sehnt. Und sonst nichts..."

Hier machte Helene eine Pause. Ihr Blick ging zu Christian, in Erwartung irgendeiner Reaktion. Als er weder aufstand, um zu gehen, noch Anstalten machte, etwas zu dem Gesagten zu bemerken, fuhr Helene fort:

„Ich habe meine Arbeit bei <Meunier Mode> gekündigt. Ich bin ab sofort nur noch ein Privatmensch, der endlich ein normales Leben führen möchte.

Am Liebsten mit einem ganz besonderen Menschen, dem sie vorbehaltlos Herz und ihre Liebe schenken möchte, in der Hoffnung, dass er das annimmt.

Es gibt an der Algarve eine Wohnung, die groß genug für zwei Personen ist, und die darauf wartet, dass das Glück dort einzieht, um dortzubleiben.

Der Flug geht morgen Nachmittag, um 16:00 Uhr. Am Schalter der <Air Portugal> ist ein Ticket für einen gewissen Herrn Christian Geiger hinterlegt.

Ich werde jetzt aufstehen und gehen, weil es mir das Herz zerreißt, wenn ich bleibe und auf deine Antwort warte. Es tut mir leid..."

*****

Christian war noch eine Weile in dem Café geblieben. Er hatte auf das Eclair von Helene gestarrt, welches unberührt geblieben war.

In seinem Kopf schwirrten die Gedanken wild hin und her. Die Lebensbeichte von Helene hatte Spuren bei ihm hinterlassen und Fragen aufgeworfen.

Warum hatte sich Helene nicht bei ihm gemeldet? Und woher kam auf einmal die Wohnung in Portugal?

„Ich muss dringend Jeanne anrufen", schoss es Christian durch den Kopf. Er rief den Ober, um zu bezahlen, denn um zu telefonieren, war es im Café zu laut.

„Bezahlen Sie für die Dame mit?", fragte der Ober, und Christian bemerkte erst jetzt, dass Helene ohne zu bezahlen gegangen war.

Christian bezahlte und der Ober freute sich über ein fürstliches Trinkgeld. Dann verließ Christian das Café in Richtung Park.

Dort setzte er sich auf eine Bank und wählte die Nummer von Jeanne.

„Ich freue mich, dass du mich anrufst", begrüßte Jeanne den Anrufer, *„und ich hoffe, du hast gute Nachrichten."*

„Das weiß ich noch nicht", antwortete Christian, *„das kommt ganz darauf an."*

„Was meinst du damit, mon cher?", fragte Jeanne.

„Weißt du von einer Wohnung in Portugal?"

Christian fiel mit der Tür direkt ins Haus.

„Ja, mon cher", antwortete Jeanne, *„aber ich habe es auch erst vor Kurzem erfahren."*

„Woher kommt die Wohnung? Helene hat mir nie etwas davon gesagt."

„Weil sie es selbst erst seit ein paar Tagen weiß", antwortete Jeanne.

Und dann erzählte Jeanne von einer Urkunde, welche Helene, zusammen mit einem persönlichen Brief, von der Post zugestellt worden war.

In der Urkunde stand, dass ein Bungalow an der Algarve von der ursprünglichen Besitzerin an Helene überschrieben worden war.

Bei der ursprünglichen Besitzerin handelte es sich um Ari, Helenes Tochter. Und in dem beilegenden Brief fand Helene auch die Begründung für diese Schenkung.

Als Helene den beigefügten Briefumschlag öffnete, zitterten ihre Hände.

*****

„Liebe Helene,

nach dem Treffen mit dir in Paris habe ich lange nachgedacht.

Von Jeanne habe ich endlich erfahren, wer mein Vater ist, und auch, wie er mit meiner Geburt umgegangen ist.

Im ersten Moment hat es mir wehgetan, dass er – aber auch du – mich wie eine Sache behandelt habt. Aber dann habe ich einen Entschluss gefasst.

Ich werde diesen Menschen niemals kennenlernen, weil ich das nicht möchte. Ich möchte auch nicht länger von dem finanziellen Deal profitieren.

Daher überschreibe ich dir meine Wohnung an der Algarve, die ich von diesem schmutzigen Geld gekauft habe, bevor ich von der Geschichte wusste.

Das noch vorhandene Geld habe ich auf ein Konto gelegt, über welches du nach Belieben verfügen kannst. Ich verdiene mit meiner Kunst genügend Geld, um gut davon leben zu können.

Bitte, nimm beides an, denn du machst mir damit einen großen Gefallen. Jeanne hat mir deine Lebensgeschichte erzählt, und ich sehe dich nun in einem etwas anderen Licht als zuvor.

Ich werde dich irgendwann besuchen kommen, wenn es dir recht ist. Ob ich dich je lieben werden kann, weiß ich nicht. Das soll die Zeit entscheiden.

191

Ich wünsche dir und Christian alles Gute, und vergiss nicht, Jeanne zu danken. Sie hat das alles möglich gemacht,

Ariadne"

*****

„Heute ist es genau ein Jahr her, dass wir hierhergezogen sind."

Christian war aus dem Bungalow herausgekommen. Er trug eine kurze schwarze Hose und ein dunkelblaues Shirt.

„Das müssen wir feiern, Liebster", erwiderte Helene, die auf einem Liegestuhl lag und die Sonne genoss.

„Ich habe für den Abend einen Tisch bei <Ricky> bestellt", sagte Christian, *„aber jetzt gehen wir erst einmal eine Runde Golf spielen."*

„Du weißt schon, dass du wieder verlieren wirst", erwiderte Helene mit einem Augenzwinkern.

„Das macht nichts", antwortete Christian, *jeden Morgen, wenn ich aufwache und dich sehe, weiß ich, dass ich der eigentliche Gewinner bin."*

*****